alt-katholisch – zeitgemäß

alt-katholisch – zeitgemäß

Die Geschichte einer anderen katholischen Kirche

Bibliografische Information der deutschen Nationalbibliothek:
Die Deutsche Bibliothek verzeichnet diese Publikation in der
Deutschen Nationalbibliografie; detaillierte bibliografische Daten
sind im Internet über <http://dnb.d-nb.de> abrufbar.

Alt-Katholische Pfarrgemeinde Nordstrand (Hg.):
alt-katholisch – zeitgemäß. Die Geschichte einer anderen
katholischen Kirche

© Alt-Katholische Pfarrgemeinde Nordstrand 2009

Herstellung und Verlag: Books on Demand GmbH, Norderstedt
ISBN 978-3-8370-9212-7

Inhaltsverzeichnis

Einführung

Wer zum ersten Mal mit dem Wort „alt-katholisch" konfrontiert wird, zeigt sich erfahrungsgemäß erstaunt: dieses Wort und die Konfessionsrichtung sind meist unbekannt und lassen auch nicht unbedingt auf eine offene Kirche schließen. Klingt das Wort „Alt" doch zumindest in diesem Zusammenhang nach konservativ, veraltet, engstirnig. Die „katholische" Kirche, wie sie in der Bundesrepublik normalerweise benannt wird, ist ja bekannt, und diese Kirche empfinden viele als „altmodisch" oder „von Gestern". Muss da nicht alt-katholisch noch erstarrter sein? Doch bald erkennen die Fragenden, dass es sich bei dieser Kirche tatsächlich um eine ganz andere katholische Kirche handelt, in der vieles von dem verwirklicht worden ist, was sich manche Katholiken aus der römisch-katholischen Kirche gerne wünschen.

Getreu ihrer Verpflichtung auf die alte und ganze Kirche anerkennt die alt-katholische Kirche als einzige Bekenntnisgrundlage den Glauben der ganzen Kirche, wie er im apostolischen und nicänischen Glaubensbekenntnis und in den allgemein anerkannten dogmatischen Entscheidungen der allgemeinen Konzilien des ersten Jahrtausends ausgesprochen ist. Das heißt für sie nicht, dass mit dem altkirchlichen Dogma die Grenze jeglicher Lehrbildung erreicht ist, wohl aber, dass die Lehrmeinungen der späteren Teilkirchen – wie die über Rechtfertigung und Gnade, Kirche und Sakrament – in innerer Übereinstimmung stehen müssen mit den Grunddogmen der alten Kirche.

Über der Kirche steht Jesus Christus selbst. Seine Stimme, die uns im Zeugnis der Heiligen Schrift unmittelbar entgegentritt, kann nur in der freien Entscheidung des Glaubens und des Gewissens entgegengenommen werden. Die Kirche muss, um Kirche Christi zu sein, frei sein zur Bindung an das Wort ihres Herrn. Darum verbindet die alt-katholische Kirche mit dem Prinzip der katholischen Gebundenheit an die altkirchliche Tradition das der evangelischen Freiheit.

Nach denselben Prinzipien ist in der alt-katholischen Kirche die altkirchliche Verfassung wiederhergestellt. Sie ist eine bischöfliche und synodale zugleich. Sie hat damit Forderungen erfüllt, wie sie im Kampf gegen die Machtansprüche des Papsttums von den großen innerkatholischen Reformbewegungen der Vergangenheit immer wieder erhoben worden sind, vom Konziliarismus des 15. Jahrhunderts, vom Gallikanismus und vom Jansenismus in Frankreich, vom Febronianismus in Westdeutschland, vom Josephinismus in Österreich und Oberitalien, und unter dem Einfluss von Männern wie Sailer, Wessenberg, Hirscher und Möhler zuletzt noch vom liberalen Katholizismus des 19. Jahrhunderts.

Durch das Bischofsamt hält die alt-katholische Kirche den Zusammenhang mit der alten und ganzen Kirche aufrecht; in der Einrichtung der Synode, in der Geistliche und Laien - Männer und Frauen – als Abgeordnete ihrer Gemeinden gemeinsam über Fragen des Kultus, der Disziplin und der Verwaltung (nicht aber des Glaubens, die dem allgemeinen Konzil vorbehalten bleiben) beraten, besitzt die Kirche ihr oberstes gesetzgebendes Organ, in der Synodalvertretung die oberste Exekutivbehörde, während dem Bischof die geistliche Leitung obliegt. Als Ganzes beruht die Verfassung auf dem Gemeinde-Prinzip: Die Kirche in ihrer Gesamtheit kann und soll nichts anderes sein als das, was die einzelne Gemeinde ist und umgekehrt. Darum hat das geistliche Amt, das in seiner frühchristlichen Abstufung als Diakonat, Presbyterat und Episkopat beibehalten ist, die Bedeutung und Funktion eines Dienstes an der Gemeinde. Die Gemeinde selbst ist durch Wiederherstellung des allgemeinen Priestertums der Gläubigen wieder in ihre ursprünglichen Rechte eingesetzt in dem umfassenden Sinne, dass die Laien nicht nur in Leitung und Verwaltung, sondern auch in geistlicher Mitarbeit und aktiver Mitwirkung im gottesdienstlichen Bereich tätig sind.

Im Mittelpunkt des sonntäglichen Gemeindegottesdienstes, der in der Landessprache gefeiert wird, steht die Verkündigung des Wortes und die Feier des Abendmahles in der Form der katholischen Liturgie, in dem die Gläubigen Leib und Blut Christi in beiden Gestalten empfangen.

Neben dem Abendmahl stehen als weitere Sakrament die Taufe und die übrigen Sakramente, die im altchristlichen Sinn erneuert wurden: - die Firmung als Stärkung der Jugend durch die Kraft des Heiligen Geistes, - die Buße als Akt der Wiederversöhnung des Sünders mit Gott, - die Krankensalbung als Sakrament der Stärkung Schwerkranker, - die Priesterweihe als Bevollmächtigung zur Verkündigung des Wortes und zur Verwaltung der Sakramente, - die Ehe als unauflösliche Verbindung der Partner.

Bei der Spendung der Sakramente wird jeder Gewissenszwang vermieden. So ist der aus dem Mittelalter stammende Beichtzwang abgeschafft, die Beichte selbst aber beibehalten. Die Gläubigen können selbst entscheiden, ob sie Vergebung ihrer Sünden in einer freiwilligen Privatbeichte vor dem Priester oder in einer allgemeinen Bußandacht vor versammelter Gemeinde erbitten wollen. Für die Geistlichen ist der ebenfalls erst im Mittelalter zum Kirchengesetz erhobene Zölibatszwang aufgehoben; daher sind die meisten Priester verheiratet. So versucht die alt-katholische Kirche auf der ganzen Linie die Grundanliegen der alten Kirche wieder aufzunehmen und so – im Geist der Freiheit – Zeugnis abzulegen von der Wahrheit der einen und ganzen Kirche. Sie vermeidet dabei alles, was sie unnötigerweise in Gegensatz bringt zu den späteren Teilkirchen. Sie lehnt die Frömmigkeitsübungen ab, die dem ursprünglichen Katholizismus fremd sind wie das Ablasswesen, Herz-Jesu-Andachten, Reliquien- und Madonnenkult, und ist bestrebt, all denen eine kirchliche Heimat zu bieten, die eine katholische Kirche in ihren ursprünglichen Formen suchen.

Zugleich will die alt-katholische Kirche Brücken-Kirche sein für die Wiedervereinigung der getrennten Christen und Kirchen. Die Wiederherstellung der kirchlichen Einheit (Ökumene) war ihr ein wesentliches Anliegen von Anfang an. Schon auf den Unionskonferenzen in Bonn von 1874 und 1875 haben die Alt-Katholiken unter der Leitung Döllingers die ersten Wiedervereinigungsverhandlungen aufgenommen, zunächst mit denjenigen Kirchen, die auf demselben altkirchlichen Boden stehen wie sie, mit den Anglikanern und den Orthodoxen. Dies führte 1931 zur Abendmahls- und Sakramentsgemeinschaft mit der anglikanischen Kirche. Seit ihrem Bestehen hat sich diese Union, in der jede Kirche ihre Selbstständigkeit und Eigenart bewahrt und sich doch eins weiß, überaus segensreich ausgewirkt. Mit den evangelischen Kirchen hat die alt-katholische Kirche von Anfang an Fühlung aufgenommen und unterhält zu ihnen freundschaftliche Beziehungen. Im Jahr 1985 wurde eine Vereinbarung zur gegenseitigen Einladung zur Teilnahme an der Feier der Eucharistie geschlossen. Selbstverständlich hat sich die alt-katholische Kirche auch von Anfang an in der großen Ökumenischen Bewegung aktiv beteiligt und ist von Beginn an Mitglied des Ökumenischen Rates der Kirchen. Wenn diese Bewegung vielfach auch von anderen Voraussetzungen aus um die Einheit der Kirche ringt, als das auf den alt-katholischen Unionskonferenzen der Fall war, so sieht die alt-katholische Kirche in der weltweiten Ökumene unserer Tage, der alle nicht römisch-katholischen Kirchen angehören, doch eine Erfüllung und Bestätigung ihres eigenen ursprünglichen Wollens: Kirche zu sein in der Einheit mit allen, die Jesus Christus als ihren Herrn und Heiland anerkennen. Die Sendung, die sich in ihrer Geschichte, in ihrem Wesen und in ihrer Gestalt – in Lehre, Verfassung und Gottesdienst –, aber auch in ihrer Stellung als Brücken-Kirche abzeichnet, sucht die alt-katholische Kirche zu erfüllen, indem sie sich in ihrem eigenen Handeln, aber auch in ihren Beziehungen zu den anderen christlichen Kirchen an das Wort hält: in necessariis unitas, in dubiis libertas, in omnibus caritas – im Notwendigen Einheit, in Zweifelsfragen Freiheit, in allem die Liebe!

Dies hat für uns neben den bereits angeführten unter anderem weitere praktische Konsequenzen:
- Für uns ist es wichtig, dass alle Menschen zur Teilnahme an der Kommunion eingeladen sind und nicht schon allein deshalb ausgeschlossen werden, weil sie z. B. nicht unserer Kirche angehören.
- Für uns ist es wichtig, dass Familienmitglieder, die nicht altkatholisch sind, nicht zum Übertritt überredet werden oder dass ihnen sogar vorgeschrieben wird, in welcher Konfession die Kinder zu taufen sind.
- Für uns ist es wichtig, dass Geschiedene nicht exkommuniziert werden. Eine Ehescheidung ist ein schmerzlicher Einschnitt im Leben. Gerade dann dürfen Menschen bei uns erfahren, dass sie nach wie vor alle Rechte und Pflichten in der Gemeinde haben wie jeder andere. Es besteht auch unter Umständen die Möglichkeit zu einer erneuten kirchlichen Eheschließung.
- Für uns ist es wichtig, dass in unserer Kirche auch Frauen Priesterin und Bischöfin werden können. Seit 1996 haben wir Frauen im Priesteramt.

Wo kann ich etwas darüber nachlesen – gibt es Informationen? Eine Frage, die oft gestellt wird. Abgesehen von kleineren Broschüren oder Faltblättern und zum Teil bereits vergriffenen „dicken Büchern" gibt es praktisch keine handliche Information.

Mit dem vorliegenden Buch, auch wenn es keineswegs umfassend und erschöpfend sein kann, wollen wir die Geschichte und Entwicklung der Kirche im Lauf der Jahrhunderte darstellen und zugleich den Weg aufzeigen, wie es zur Entstehung einer alt-katholischen Kirche kam.

Dadurch kann erfahrbar werden, dass es eine katholische Kirche gibt, die gerade aufgrund ihrer Rückbesinnung auf die alte, ursprüngliche Kirche zeitgemäß ist und Menschen auf der Suche eine geistliche und kirchliche Heimat sein will.

Nicht immer muss „das Rad neu erfunden werden". Manchmal gibt es Texte, die einfach gut sind – und nicht umformuliert werden müssen. Grundlage für diese Schrift sind daher Veröffentlichungen, die vor längerer Zeit erschienen und in diese Darstellung eingeflossen sind: Wolfgang Krahl's „Ökumenischer Katholizismus" von 1970, das Taschenbuch „Kirche für Christen heute" des Arbeitskreises Öffentlichkeitsarbeit des alt-katholischen Bistums in Deutschland aus dem Jahr 1994 und die Kirchengeschichte für den christkatholischen Unterricht von Urs Küry aus dem Jahr 1968 sowie zahlreiche Faltblätter und Informationen, die von alt-katholischen Gemeinden und Einzelpersonen herausgegeben wurden, um dem Wunsch nach Information zu entsprechen. Manches aus diesen Texten wurde wörtlich übernommen, manches bearbeitet oder gekürzt, anderes weggelassen oder ergänzt. Um der Lesbarkeit willen haben wir uns entschieden, auf Hinweise, wo Texte übernommen wurden, zu verzichten und stattdessen auf diese drei (zum Teil vergriffenen) Bücher als Quellen hinzuweisen, da diese Veröffentlichung nicht den Anspruch erheben will, eine wissenschaftliche Abhandlung zu sein. Zudem wurde die Rechtschreibung weitgehend der heutigen Schreibweise angepasst.

Auch wir sind fehlbar – und Fehler unvermeidlich. Für entsprechende Rückmeldungen sind wir dankbar – und werden diese in späteren Auflagen korrigieren.

Nordstrand, im Januar 2009

Kirchengeschichte

Bischofsamt

Die Apostel hatten schon gegen Ende ihres Lebens die Einrichtung getroffen, dass an der Spitze der Kirchenvorsteher (Presbyter, Priester) ein Leiter (Bischof – griechisch: episcopos – Aufseher) stehen sollte; daher musste diese Einrichtung für alle Zukunft beibehalten werden, wie es auch tatsächlich in der gesamten Kirche des ersten Jahrtausends geschah. Der Bischof wurde im Einvernehmen mit Nachbarbischöfen von Klerus und Volk der Ortskirche, der er vorstehen sollte, gewählt. Die Übertragung des Bischofsamtes mit der Verleihung der Weihe- und Hirtengewalt erfolgte durch die Bischofsweihe, die von Bischöfen der Kirchenprovinz durch Handauflegung und Gebet um die Gnadengabe des Heiligen Geistes vollzogen wurde. Die abermalige Zustimmung aller, einschließlich des Kirchenvolkes, bei der Bischofsweihe galt für die Rechtmäßigkeit der Amtsübertragung als notwendig. Der Bischof stellte die Ortskirche dar, er war ihr Vertreter und Sprecher, und ohne seine Zustimmung durfte nichts vorgenommen werden. Er selbst wiederum durfte nur Handeln in Übereinstimmung mit seiner ganzen Kirche, mit dem Rat des Presbyteriums und der Zustimmung des Volkes. Jeder Bischof hatte seine Ortskirche, und es war keinem Bischof gestattet, in die Rechte oder das Wirken eines anderen Bischofs überzugreifen. Eine größere Zahl von Ortskirchen bildete eine Kirchenprovinz, an deren Spitze ein Erzbischof oder Metropolit stand, dem auch das Recht zukam, die von Geistlichen und Volk gewählten Bischöfe zu bestätigen. Die Kirchenprovinzen standen untereinander in Zusammenhang. Sichtbar wurde dieser Zusammenhang insbesondere auf den allgemeinen Konzilien. So wie die Bischöfe unbeschadet des Umfangs der Rechte in ihrem eigenen Bistum dem Metropoliten zugeordnet waren, so gab es unter den Metropoliten wiederum einige, denen eine besondere Vorrangstellung zukam und die daher Patriarchen genannt wurden, und zwar in Rom, Konstantinopel, Alexandrien, Antiochien und Jerusalem. Als Erster unter diesen Gleichen galt der Bischof von Rom, der damaligen Hauptstadt des römischen Weltreiches. Ihm erkannte man die gleiche Vorrangstellung zu, wie sie Petrus unter den Aposteln eingenommen hatte. Dennoch waren alle Bischöfe einander in ihrem Amt als Nachfolger der Apostel gleichgestellt und die Metropoliten oder Patriarchen nur Erste unter Gleichen.

Synoden

Das Wort „Synode" (griechisch) bedeutet soviel wie „gemeinsamer Weg", „Miteinander-unterwegs-sein". Im christlichen Sprachgebrauch bezeichnet man damit Versammlungen von Amtsträgern (Bischöfen, Priestern, Diakonen) und Laien, auf denen über den Weg der Kirche beraten wird und Beschlüsse gefasst werden. Die ersten bekannten Synoden fanden zwischen 160 und 170 statt. Sie fanden sich zusammen, wenn es galt, Bischöfe zu wählen, beim Auftreten neuer Lehren den rechten Glauben zu bekennen und bei Streitigkeiten über Fragen des gottesdienstlichen Lebens und der Kirchenzucht die überlieferten Grundordnungen zu bewahren. Ursprünglich waren sie erweiterte Gemeindeversammlungen, sie gestalteten sich aber mit der Zeit zu Zusammenkünften, an denen die Abgeordneten mehrerer Gemeinden oder der Gemeinden eines ganzen Landes, einer Kirchenprovinz oder der ganzen Christenheit teilnahmen. Es gab Landes-Synoden, Provinz-Synoden, General-Synoden (an denen Abgeordnete der ganzen abendländischen oder der ganzen morgenländischen Kirche teilnahmen) und endlich allgemeine Synoden oder ökumenische Konzilien, die als höchste Vertretung der ganzen Kirche galten. Die Synoden waren und sind Versammlungen mit gottesdienstlichem Charakter, an denen Bischöfe, Priester und Diakone zusammen mit den Laien unter Anrufung des Namens Christi und des Heiligen Geistes die nötigen Entscheidungen trafen. Erst vom dritten Jahrhundert an wurden die Synoden reine Bischofsversammlungen, ohne dass indessen Priester, Diakone oder Laien grundsätzlich von ihnen ausgeschlossen wurden. Das Mitspracherecht der Gemeindegeistlichen und der Laien blieb unter den verschiedensten Formen lange gewahrt. Jede Synode verstand sich als unmittelbare, persönliche Vertretung der einen und ganzen Kirche und wusste sich dem Herrn selbst verantwortlich. Die Gültigkeit ihrer Beschlüsse hing nicht von der Bestätigung durch eine übergeordnete Kirchenbehörde ab, sondern allein davon, ob diese nachträglich durch das Glaubensbewusstsein der Einen und ganzen Kirche angenommen wurden und sich allgemein durchsetzten.

Konzilien

Wie dargelegt, gab es seit den Anfängen der Kirche zur Entscheidungsfindung in schwierigen Fragen synodale Prozesse, d. h. gemeinsame Wege des Gespräches, der Beratung und Abstimmung mit dem Ziel einer Übereinkunft aus dem Geist Jesu Christi. Dieses zunächst in den einzelnen Bereichen der Kirche gepflegte „synodale Prinzip" weitete sich nach Duldung und schließlich Erhebung des Christentums zur Staatsreligion in der Folge des Mailänder Toleranzediktes auf die ganze damalige Weltkirche aus. Bischöfe aller Ortskirchen versammelten sich auf Einladung des Kaisers zu großen Synoden, die als „Konzil" (lateinisch concilium – Zusammenkunft, Versammlung) bezeichnet wurden. Dieser Name hat sich eingebürgert für eine Reihe großer, die Teilkirchen übergreifender Bischofsversammlungen. Dabei unterscheiden wir heute zwischen Partikular- oder Teilkonzilien, also Bischofsversammlungen eines Erdteils oder einer Teilkirche, und ökumenischen Konzilien, d. h. Bischofsversammlungen aller Kirchen der ganzen Welt.

In die Jahrhunderte nach der staatlichen Anerkennung des Christentums fallen die großen, als ökumenisch allgemein anerkannten Konzilien. Das erste ökumenische Konzil fand im Jahre 325 in Nicäa (Kleinasien) statt, ihm folgten die Konzilien von Konstantinopel 381, Ephesus 431, Chalcedon 451, Konstantinopel 553, Konstantinopel 680 und Nicäa 787. Sie wurden vom Kaiser einberufen und von ihm oder seinen Stellvertretern geleitet. Ihre Beschlüsse galten als Reichsgesetz.

Diese sieben Konzilien der alten, ungeteilten Kirche haben unter anderem die in allen Kirchen bekannten christlichen Glaubensbekenntnisse formuliert und besitzen für die alt-katholische Kirche höchste Lehrautorität. In der Folgezeit kam es wegen der immer mehr aufbrechenden Auseinandersetzungen zwischen Rom und Konstantinopel, die im Jahre 1054 in gegenseitigen Exkommunikationen und der daraus folgenden Spaltung in Ost- und Westkirche gipfelten, zu keinem wirklich ökumenischen Konzil mehr. Die darauffolgenden Konzilien, auch wenn sie sich den anspruchsvollen Titel „ökumenisch" zulegten, waren in Wirklichkeit nur noch Partikularkonzilien eines Teiles der Christenheit.

Auf dem Konzil von Nicäa gab sich die Gesamtkirche unter dem Einfluss des Kaisers zum ersten Mal eine Verfassung. Diese beschränkte sich im Wesentlichen darauf, die bischöflich-synodale Ordnung zu bestätigen und in Anlehnung an die Grenzen der Reichsprovinzen die Kirche in Provinzialverbände aufzuteilen. Die Bischöfe der Provinzhauptstädte wurden förmlich in den Rang von Metropoliten erhoben und erhielten das Recht, Provinzial- und Landessynoden einzuberufen. Oberstes Organ der Gesamtkirche wurden die ökumenischen Konzilien. Ihnen oblag die letzte Entscheidung über Fragen des Glaubens, der Lehre und des allgemeinen Kirchenrechtes. Aber auch den Provinzialsynoden, die zweimal jährlich zusammentreten sollten, wurden weitgehende Rechte eingeräumt, vor allem in Fragen des gottesdienstlichen Lebens und der Kirchenordnung. Ebenso wurden die Rechte der Einzelgemeinden gefestigt.

Einheit und Vielfalt

Das die einzelnen Landeskirchen einigende Band war die überlieferte, allen gemeinsame Lehr-, Ämter- und Gottesdienstordnung. Nach dieser Ordnung waren für die Lehre maßgebend das apostolische und das nicänisch-konstantinopolitanische Glaubensbekenntnis ebenso wie die von den allgemeinen Konzilien angenommenen Glaubensentscheidungen (Dogmen); für die Ordnung des Amtes war die Anerkennung des katholischen Bischofsamtes in seiner Einheit mit dem Priesteramt und dem Diakonat richtungsgebend, für den Gottesdienst die sonntägliche Feier des Abendmahles sowie die Spendung der Taufe und der anderen Sakramente. In diesen für die frühe Kirche wesentlichen und notwendigen Fragen herrschte Einheit, während in anderen Dingen Vielfalt bestand. Hier konnten die Ortskirchen selbstständig entscheiden.

Der römische Primat

Galt ursprünglich die Ehrenvorrangstellung für den Patriarchen in Jerusalem, so trat an die Stelle dessen immer mehr der Bischof von Rom, der sich auf die Gründung durch die Apostel Petrus und Paulus berief und als Bischof in der Hauptstadt des römischen Weltreiches und somit Sammelpunkt der Weltchristenheit allmählich auch die höchste Autorität in der Gesamtkirche erhielt. Diese moralische Autorität beinhaltete aber keineswegs eine gesamtkirchliche Jurisdiktionsgewalt oder Lehrvollmacht und ging auch nicht auf eine göttliche Einsetzung zurück, was unzweifelhaft aus den übereinstimmenden Zeugnissen der Heiligen Schrift, der kirchlichen Überlieferung und der Kirchengeschichte hervorgeht. Er war eine moralische Autorität, die aufgrund der politischen Gegebenheiten und der politischen Entwicklung mit der römischen Reichshauptstadt verbunden war. So hatte das 4. Konzil von Chalcedon (451) dem Bischof von Rom den Vorrang vor den anderen vier Patriarchen zugesprochen, aber ausdrücklich beigefügt, dass das „durch die Väter" und „wegen der Herrschaft dieser Stadt" geschehen sei, als um der politischen Bedeutung Roms als Reichshauptstadt willen. Vor allem war aber die Feststellung wichtig, dass dem Bischof von Rom diese Vorrangstellung nicht durch Christus, sondern durch die Väter der Kirche übertragen worden sei.

Die Bischöfe von Rom selbst waren es, die vom Ende des 4. Jahrhunderts an über die Konzilsbestimmungen hinausgehende Ansprüche stellten und die altkirchliche Verfassungsordnung durchbrachen. Zu nennen sind vor allem Siricius (†399), der seine bischöfliche Hirtengewalt über Rom und Italien auf das ganze Abendland auszudehnen suchte, Innozenz I. (†417), der die oberste Entscheidung in Glaubensstreitigkeiten im Westen und im Osten beanspruchte, Bonifaz I. (†422) der danach strebte, die bis dahin selbstständigen Landeskirchen des Westens unter den Einfluss Roms zu stellen und sie zu „romanisieren", schließlich vor allem Leo I. (†461), der zum ersten Mal die Lehre verkündete, dass so, wie die Apostel ihre Vollmacht von Petrus erhalten hätten, auch die Bischöfe ihre kirchliche Gewalt vom Bischof von Rom empfingen, der allein die „Fülle der Gewalt" besitze. Dieser Entwicklung suchte Gregor I. (†604) entgegenzuwirken. Er wies den Titel „Universalbischof" als Gotteslästerung zurück und bezeichnete sich selbst als

„Diener der Diener Gottes". Die nachfolgenden Bischöfe aber steigerten ihre Ansprüche immer mehr. Sie gingen allmählich auch auf Landgewinn aus und begründeten im 8. Jahrhundert mithilfe einer Fälschung den Kirchenstaat. Nikolaus I. (†867), der die Zentralisierung und Romanisierung des kirchlichen Lebens weiterführte, versuchte, seinen Willen auch den weltlichen Fürsten aufzuzwingen und belegte sie im Falle des Widerstandes mit dem Kirchenbann.

Da diese weitgehenden Ansprüche des Bischofs von Rom sich aus dem Verfassungsrecht der alten Kirche nicht begründen ließen, griffen die Befürworter zum Mittel literarischer Fälschungen. Die wichtigsten sind die Pseudo-Isidorischen Dekretalien. Diese aus dem 9. Jahrhundert stammende Gesetzessammlung enthält neben echten ungefähr 100 gefälschte Konzilsbeschlüsse. Sie wurden, ohne dass die Fälschung erkannt wurde, in die kirchliche Gesetzessammlung aufgenommen und von den Kirchenrechtslehrern dazu benutzt, die Lehre vom göttlichen Rechtsvorrang des Bischofs von Rom und seiner Lehrunfehlbarkeit zu begründen. Später übernahmen diese Lehre auch einige Theologen, darunter Thomas von Aquin (†1274), der ihr im Wesentlichen die Gestalt gab, die vom I. Vatikanum angenommen wurde.

Der Widerstand dagegen begann schon sehr früh. Bischöfe und Synoden erhoben Einspruch gegen die Eingriffe des Bischofs von Rom in ihre überlieferten Rechte. Am nachdrücklichsten verteidigte sie Bischof Cyprian von Carthago (†258). Für ihn bestand das Band der Einheit im Amt des Bischofs und in der Gemeinschaft der Bischöfe. Rom hatte für ihn nur die Bedeutung eines Zeichens der Einheit. Ähnliches dachte Augustinus (†430), Bischof von Hippo Regius. Selbst im Mittelalter fehlte es nicht an Personen, die gegen diese Entwicklung ihre Stimme erhoben. Letztlich führte diese Entwicklung jedoch zu den großen Kirchenspaltungen und damit zum Schaden der Gesamtkirche.

Von Rom aus betrieb man aber weiter die Ausbildung und Festigung des Papalsystems, wonach der römische Papst allein die unfehlbare Höchstgewalt in der Kirche habe. In einer letzten großen Anstrengung erreichte man es mit einer päpstlich-romanischen Mehrheit gegen den beharrlichen Widerstand eines Großteils der übrigen römisch-katholischen Kirche auf dem Ersten Vatikanischen

Konzil 1870, die alleinige unfehlbare Höchstgewalt des römischen Papstes in der Gesamtkirche zum göttlichen geoffenbarten Dogma zu erheben, in direktem Widerspruch zum Konzilsdogma von Konstanz und der gesamten Überlieferung und Geschichte der alten ungeteilten Kirche.

Widerstand und Trennungen

Orthodoxie

Bereits in der frühen Kirche unterschied sich der „morgenländische" Teil der Kirche in vielem vom „abendländischen" Teil. Wenn beide Kirchenbereiche auch dieselben Grundordnungen hatten, so hatten sie dennoch ihre eigene Liturgie, ihr eigenes synodales Leben, eigene Formen der Frömmigkeit und des kirchlichen Lebens. Lange nahm der Osten auf dem Gebiet der Lehre eine führende Stellung ein. Die ökumenischen Konzilien fanden alle im Osten statt, und deren Glaubensentscheidungen waren meistens durch orthodoxe Kirchenlehrer vorbereitet worden, darunter Athanasius (†373), Gregor von Nyssa (†394), Gregor von Nazianz (†390), Johannes Chrysostomus (†407) und Johannes von Damaskus (†749).

Empfindlich getroffen wurde die Kirche im Osten im 7. Jahrhundert durch das Eindringen des Islam in die christlichen Länder Vorderasiens und Nordafrikas. Die Patriarchate von Alexandrien, Antiochien und Jerusalem wurden zu kleinen Minderheiten. Dennoch behielten sie ihre besondere Bedeutung. Insgesamt gesehen blieben die orthodoxen Kirchen, vor allem jene, die unter Fremdherrschaft standen, von der westlichen Kirche abgeschnitten. Dadurch trat zwischen beiden Kirchen eine Entfremdung ein. Nachdem bereits im 9. Jahrhundert eine vorübergehende Trennung entstanden war, kam es im Jahr 1054 endgültig zum Bruch. Für die Trennung waren hauptsächlich zwei Gründe ausschlaggebend: der Bischof von Rom hatte entgegen aller kirchlichen Ordnung das nicänisch-konstantinopolitanische Glaubensbekenntnis von sich aus geändert durch den Zusatz, dass der Heilige Geist vom Vater „und vom Sohne" (lateinisch: filioque) ausgeht, und er nahm unter Verletzung der altkirchlichen Verfassung die oberste Regierungsgewalt für sich in Anspruch. Beides konnten die Orthodoxen nicht zulassen. Damit kam es zum Bruch und zum Entstehen einer selbstständigen Kirche des Ostens.

Diese orthodoxe Kirche ist bis heute gekennzeichnet durch ihr Festhalten an den Ordnungen der frühen Kirche in Verfassung, Lehre und Gottesdienst. Ihre Verfassung ist weiterhin bischöflich-synodal. Die Landeskirchen sind selbstständig und stehen unter der Leitung eines Patriarchen und der ihm zugeordneten Synode. Einigendes Band zwischen den Ortskirchen ist die gemeinsame Glaubenslehre, die im Wesentlichen die der alten Konzilien ist. An der

Spitze steht der Ökumenische Patriarch von Konstantinopel, der aber keine Regierungsgewalt ausübt, sondern vielmehr einen Ehrenprimat ausübt. Dieser Ehrenvorrang war ihm bereits im Konzil von Konstantinopel zuerkannt worden – nach dem Bischof von Rom als dem Bischof des Neuen Rom: der Kaiserstadt Konstantinopel. Dabei bedeutet die Bezeichnung „ökumenisch" keinesfalls „weltweit" – vielmehr entspricht dieses Wort, übersetzt aus dem griechischen, soviel wie „allgemein" und damit der lateinischen Bezeichnung „universalis" für den Bischof von Rom als Universalbischof. In allen alten Konzilstexten wird das griechische „oikumenikos" ebenso wie das lateinische „universalis" mit allgemein wiedergegeben und bedeutet nicht weltweit, sondern allgemein, d. h. für einen bestimmten größeren Bereich geltend. Dies betrifft folglich auch die beiden Bischöfe in Konstantinopel und Rom.

Auf die päpstliche Einladung zum I. Vatikanum, die auch an einige orthodoxe Würdenträger erging, aber von keinem befolgt wurde, gab der Ökumenische Patriarch von Konstantinopel und Ehrenprimas der Orthodoxen Kirchengemeinschaft eine im Oktober 1868 veröffentlichte Erwiderung, in der es hieß:

„Ohne auf andere Punkte einzugehen, werden wir, solange die Kirche des Heilandes auf Erden existieren wird, nie zugeben können, dass in der ganzen Kirche Christi ein Bischof existiert, welcher Lehrer und Haupt ist, außer dem Herrn; dass ein unfehlbarer und unsündiger Patriarch existiert, wenn er ex cathedra spricht; dass er über den Ökumenischen Konzilien stehe, wo allein die Unfehlbarkeit sich findet und die in Übereinstimmung mit der Heiligen Schrift und den apostolischen Traditionen sind; das hieße anerkennen, dass die Apostel untereinander ungleich waren, was aber eine Beleidigung des Heiligen Geistes wäre, der alle in gleicher Weise erleuchtet hat. Endlich werden wir nie zugeben können, dass dieser oder jener Patriarch oder Papst den Primat seines Sitzes nicht von einem aus Menschen zusammengesetzten Konzile hat, sondern kraft göttlichen Rechtes oder ähnlicher Dinge, wie ihr sagt."

Damit gab er der Auffassung aller orthodoxen Kirchen Ausdruck.

Die evangelischen Kirchen

Die evangelischen Kirchen sind aus der Reformation des 16. Jahrhunderts hervorgegangen. Ihr Begründer war Martin Luther (†1546). Dieser erhob am 31. Oktober 1517 in Wittenberg in 95 Thesen öffentlichen Protest gegen den Ablasshandel und eröffnete damit den Kampf gegen die Missstände der damaligen römisch-katholischen Kirche. Er verlangte, um die „alt-kirchliche Wahrheit wiederherzustellen" (so verstand er das Wort Reformation) die Rückkehr zum reinen Evangelium. Er lehnte die Vormachtstellung des Bischofs von Rom als Papst ab. Es kam zu einem erbitterten Religionskrieg. Auf dem Reichstag zu Augsburg wurde 1555 zwar Frieden geschlossen, aber damit auch eine Spaltung besiegelt: künftig gab es evangelische und katholische Kirchen, die beide gleichberechtigt waren. Die Landesfürsten entscheiden, welches Bekenntnis künftig in ihrem Gebiet bestehen sollte, und jeder war verpflichtet, diese Religion für sich anzunehmen (cuius regio, eius religio). Obwohl Martin Luther ursprünglich keine eigene Kirche gründen wollte, kam es damit zwischen Evangelischen und Katholiken endgültig zur Trennung. Ungeachtet ihres scharfen Gegensatzes zu Rom hielt die lutherische Kirche in vielen Dingen an der katholischen Überlieferung fest: die altkirchlichen Glaubensbekenntnisse wurden beibehalten, im Gottesdienst wurde neben der Predigt auch das Abendmahl gefeiert und gelehrt, dass Christus im Abendmahl leibhaftig und wirklich gegenwärtig sei. Das katholische Bischofs- und Priesteramt und damit die bischöflich-synodale Verfassung wurden hingegen aufgegeben, und die Leitung der Kirche wurde in die Hände der weltlichen Behörden gelegt (meist der Landesfürsten).

Anglikanische Kirche

Die Anglikanische Kirchengemeinschaft versteht sich „als eine Vereinigung innerhalb der Einen, Heiligen, Katholischen und Apostolischen Kirche, der jene rechtmäßig konstituierten Diözesen, Kirchenprovinzen oder Regionalkirchen angehören, die in kirchlicher Gemeinschaft mit dem Erzbischof von Canterbury stehen und folgende Wesensmerkmale gemeinsam besitzen: Sie bewahren und verkünden die katholische und apostolische Glaubenslehre und Kirchenordnung, wie sie allgemein in dem in den verschiedenen Kirchen autorisierten „Book of Common Prayer" (Allgemeines Gebetbuch) dargelegt sind; sie sind Partikular- oder Nationalkirchen und suchen als solche die christliche Glaubenslehre, Ethik und Liturgie den jeweiligen nationalen Bedürfnissen entsprechend zum Ausdruck zu bringen; und sie sind nicht durch eine zentrale legislative und exekutive Gewalt miteinander verbunden, sondern durch die gegenseitige Loyalität, die aufrecht erhalten wird durch die gemeinsamen Beratungen der Bischofskonferenz." In diesem Zitat der Resolution 49 der Lambeth-Konferenz von 1930 kommt das Selbstverständnis der anglikanischen Kirchengemeinschaft am besten zum Ausdruck. Die Kirche von England hat ihren Ursprung in der Tradition der ersten Christen in der römischen Provinz Britannien. Es gibt Berichte von Märtyrern aus dem dritten Jahrhundert. Im fünften Jahrhundert wurde die alt-englische Kirche durch die Angelsachsen zurückgedrängt, Ende des sechsten Jahrhunderts sandte Papst Gregor I. (†604) den römischen Abt Augustinus. Seine Missionstätigkeit führte zu einer Kirchenorganisation mit den Zentren Canterbury und York. Dies bedeutete: Die ursprüngliche alt-englisch-keltische Kirche wurde im Jahre 664 mit der von Canterbury begründeten anglorömischen Kirche vereint. Damit war der Selbstständigkeitsgedanke freilich nicht aufgegeben. Vom größten Theologen der englischen Kirche im Mittelalter, Anselm von Canterbury (†1109), stammt der berühmte Satz: „Ecclesia anglicana libera sit", d. h. die Kirche von England solle frei sein. Er war in diesem Bestreben durchaus erfolgreich. Der Reformtheologe John Wiclif (†1384) dagegen wehrte sich eher vergeblich gegen die zentralistischen Ansprüche des Papsttums. König Heinrich VIII. war es mit seiner Parlamentsreform vorbehalten (1532-1534), dem Gedanken und der Tendenz einer selbstständigen Kirche zum Durchbruch zu verhelfen. Seine viel genannte erste Scheidung bildete somit den Anlass, aber nicht den tieferen Grund des 1533/1534 vollzogenen Bruchs mit Rom, der zwischenzeitlich (1553-1570) noch einmal rückgängig gemacht wurde. In der Folgezeit (1548-1553) wurden Elemente der Reformation Luthers und Calvins in die englische Kirche aufgenommen. Der gemeinsame Glaube fand jedoch seinen Niederschlag in einem einheitlichen Gottesdienstbuch („Book of Common Prayer") von 1549. Nicht zuletzt trug Königin Elisabeth I. (†1603) zur Befriedung der Gegensätze bei. Die Kirche stand nun

- wie schon seit Heinrich VIII. – unter der Oberhoheit der Krone. Geistliches Oberhaupt war und blieb jedoch der Erzbischof von Canterbury. Er trägt den Titel „Primas von ganz England". 39 Glaubensartikel erhielten 1571 ihre endgültige Fassung. Drei Strömungen sind heute – mit fließenden Grenzen – in der anglikanischen Kirchengemeinschaft vorhanden: Anglo-Katholiken, Evangelikale und Liberale (die einen ausgleichenden Mittelweg gehen). Damit ist viel über das Wesen und die Denkweise der Anglikaner ausgesagt: Sie verstehen sich in katholischer Weite, halten an den altkirchlichen Glaubensbekenntnissen und an den Beschlüssen der ersten ökumenischen Konzilien fest und bewahren das altkirchliche Bischofsamt. Dabei können unterschiedliche Ausgestaltungen des Amtes sowie unterschiedliche Begründungen und Lehrmeinungen durchaus ihre Geltung haben. So verbindet der Anglikanismus vorbildhaft die katholische und die evangelische Richtung in einer einzigen Kirche. Taufe und Eucharistie sind die Hauptsakramente, die übrigen fünf werden als Sakramente im weiteren Sinn aufgefasst. Heute sind die Anglikaner eine große weltweite Gemeinschaft, die in der Lambeth-Konferenz alle zehn Jahre und unter dem Vorsitz des Erzbischofs von Canterbury und Primas von England zusammenkommt.

Innerkatholischer Widerstand

Konziliarismus

Als Ende des 14. Jahrhunderts zwei Päpste um den Stuhl Petri stritten, wurde der Ruf nach Beendigung des Schismas und einer Reform der Kirche laut. Ein erster Versuch war das Konzil von Pisa (1409); es setzte beide Päpste ab und ernannte einen neuen. Doch obwohl dieser Papst die stärkste Anhängerschaft um sich versammelte, blieben beide anderen im Amt, sodass es jetzt sogar drei Päpste gab. Auf Veranlassung des Königs Sigismund wurde 1414 ein Konzil nach Konstanz einberufen. Vor allem die französischen Theologen der Pariser Universität, Pierre d'Ailly und Jean Gerson, setzten sich für die volle Souveränität des Konzils ein. Das Konzil erklärte, dass es als im Heiligen Geist rechtmäßig versammeltes Konzil das oberste Organ der Kirche sei, und dass sich ihm jeder Würdenträger, also auch der Papst, unterzuordnen habe. Ferner wurde beschlossen, alle zehn Jahre ein allgemeines Konzil abzuhalten. Das Konzil erklärte die drei Päpste für abgesetzt und wählte einen neuen Papst.

Dekret über die Höchstgewalt Allgemeiner Konzile ("Haec sancta"), verkündet in der 5. Sitzung des Konstanzer Konzils am 6. April 1415

"Im Namen der Heiligen und Unteilbaren Dreifaltigkeit, des Vaters und des Sohnes und des Heiligen Geistes. Amen. Diese Heilige Synode von Konstanz, als Allgemeines Konzil rechtmäßig im Heiligen Geist zum Lobe des allmächtigen Gottes versammelt zur Beilegung des gegenwärtigen Schismas sowie zur Vereinigung und Reform der Kirche Gottes an Haupt und Gliedern, verordnet, definiert, stellt fest, entscheidet und erklärt, um leichter, freier, sicherer und in reicherem Maße zur Vereinigung und Reform der Kirche Gottes zu gelangen, folgendes:
1. Diese rechtmäßig im Heiligen Geist versammelte Synode, welche ein Allgemeines Konzil darstellt und die streitende Katholische Kirche repräsentiert, hat ihre Gewalt unmittelbar von Christus; jeder, gleich welchen Standes oder welcher Würde, auch wenn er die päpstliche Würde besäße, ist gehalten, ihr in allem zu gehorchen, was den Glauben und die Beilegung des Schismas sowie die allgemeine Reform der Kirche Gottes an Haupt und Gliedern anbetrifft.

2. Jeder, gleich welchen Ansehens, Standes oder welcher Würde, auch wenn er die päpstliche Würde besäße, der den Erlassen und Satzungen oder den Verordnungen und Verfügungen dieser Heiligen Synode und jedes anderen rechtmäßig versammelten Allgemeinen Konzils in den genannten oder dazugehörigen Angelegenheiten, ob sie schon geschehen sind oder erst geschehen, hartnäckig den Gehorsam verweigert, soll, wenn er sich nicht ändert, einer angemessenen Buße unterworfen und gebührend bestraft werden, wobei nötigenfalls auch auf andere Rechtsmittel zurückzugreifen ist."*

Dekret über die Regelmäßigkeit Allgemeiner Konzile („Frequens"), verkündet in der 39. Sitzung des Konstanzer Konzils am 9. Oktober 1417

„Die häufigere Feier von Allgemeinen Konzilien ist eines der besten Mittel, das Feld des Herrn zu bestellen. Denn dadurch wird das Gestrüpp, die Dornen und Disteln der Häresie, des Irrtums und des Schismas ausgerissen, Fehlentwicklungen werden korrigiert, das Ordnungswidrige wird reformiert, und der Weinberg des Herrn wird zu einer überreichen Ernte gebracht; die Vernachlässigung dieses Mittels dagegen führt zur Ausbreitung und Förderung aller dieser oben genannten Übelstände, wie sie uns die Erinnerung an die jüngste Vergangenheit und die Betrachtung der Gegenwart vor Augen führen.
Daher beschließen und verfügen wir und ordnen durch vorliegende, für immer gültige Verfügung an, dass künftighin Allgemeine Konzile gehalten werden – und zwar in der Weise, dass das nächste nach Abschluss dieses Konzils in fünf Jahren stattfindet; das nächste nach jenem, sieben Jahre später, und in der Folgezeit alle zehn Jahre –, an einem Platz, der vom Papst mit Zustimmung und Billigung des Konzils in dem Monat vor Konzilsende festgesetzt wird oder falls jener versagt, vom Konzil selbst festzusetzen und zu bestimmen ist. Auf diese Weise soll sozusagen ununterbrochen ein Konzil – entweder wahrhaft und wirklich tagen oder aufgrund der Festsetzung der Termine erwartet werden. Diesen Termin kann der Papst nach Einholung des Rates seiner Brüder, der Kardinäle der römischen Kirche, um bestimmter, möglicherweise eintretender Ereignisse willen abkürzen, niemals aber hinausschieben."*

Der neue Papst Martin V. erkannte alle konziliar gefassten Beschlüsse an. Auf dem Konzil zu Basel (1431-1449) wurden die Konstanzer Beschlüsse bestätigt. Sie galten bis Ende des 18. Jahrhunderts als Staatsgesetze in vielen Ländern, wie Deutschland, Österreich und Frankreich. Dem Papst gelang es jedoch, das Baseler Konzil zu sprengen: Die päpstliche Minderheit zog mit dem Papst nach Ferrara-Florenz und brachte mithilfe der Fürsten die Verhandlungen mit der Ostkirche an sich. Das Konzil von Florenz erklärte gegen das Baseler Konzil, der Papst sei das Haupt der Kirche, alle anderen Christen seien Glieder (1439). Die Anhänger der konziliaren Richtung hielten noch 1511 ein Konzil in Pisa-Mailand, Julius II. ließ aber beim fünften Laterankonzil (1512-1517) erklären, dass der Papst alle Autorität über das Konzil besitze und dieses nach seinem Willen einberufen, verlegen und auflösen könne. Während die Reformatoren eher an die konziliare Tradition anknüpften, gewann als Reaktion dagegen die päpstliche Sicht in der katholischen Kirche immer mehr an Boden. Man hat der konziliaren Bewegung des 14. und des 15. Jahrhunderts vorgeworfen, dass ihre Verfechter mehr philosophisch und juristisch als theologisch argumentierten. Das stimmt nur zum Teil: Wie im Jahr 553 das fünfte Ökumenische Konzil bei der Verurteilung des Papstes Vigilius, so beriefen sich auch jetzt die Anhänger der konziliaren Lehre auf Mt 18, 15-17: „Wenn dein Bruder auf dich nicht hört..., sag es der Kirche", um zu beweisen, dass nicht Petrus, sondern die Versammlung der Kirche die oberste Autorität bei Streitfragen ist. Der Konziliarismus konnte sich in der damaligen politischen Konstellation nicht durchsetzen; diese Bewegung wirkte aber nach und befruchtete die späteren Widerstandsbewegungen in der westlichen Kirche.

Gallikanismus

Bis zur Mitte des achten Jahrhunderts war die Kirche im Frankenreich weitestgehend autonom. Sie traf ihre Entscheidungen auf Reichssynoden, die vom König einberufen wurden (ähnlich wie im Römischen Reich, wo der Kaiser die Synoden einberief). Um diese Zeit kam es zu einem Zweckbündnis zwischen dem Hausmeier Pippin dem Jüngeren und dem Papst (Pippin wollte für sich und seine Nachkommen die fränkische Königskrone, der Papst brauchte dringend Hilfe gegen die Langobarden und anstelle des byzantinischen Kaisers einen neuen Schutzherrn). Nach dem Sieg Pippins über die Langobarden 756 übergab dieser dem Papst das eroberte Gebiet (Patrimonium Petri) und schuf somit die Grundlage für den Kirchenstaat. Dadurch war die fränkische Kirche stärker an den Papst gebunden, und dieser übte dort eine Jurisdiktion (Rechtsbefugnis) aus. Die fränkische Kirche behielt jedoch bestimmte Rechte und Freiheiten. Sie betreffen sowohl Rechte des Königs gegenüber der Kirche (Stellenbesetzung, Zustimmung zu Erlassen u. a.) als auch die Rechte der Bischöfe und ihrer Ortskirchen gegenüber dem Papst. Auf diese Freiheiten besann man sich im 14. Jahrhundert, als Philipp der Schöne in Konflikt mit Bonifaz VIII. kam, was zur Verlegung des Amtssitzes der Päpste nach Avignon (1309) führte. Die entsprechende theologische Bewegung in der französischen Kirche (ecclesia gallicana) nennt man seit dem 19. Jahrhundert Gallikanismus. Das sich anschließende westliche Schisma 1378-1417 (zwei bzw. drei Päpste gleichzeitig) brachte eine Wiederbelebung des altkirchlichen konziliaren Gedankens, der in Frankreich an der Pariser Universität seine namhaften Vertreter hatte (Pierre d'Ailly und Johannes Gerson). So wurde der Gallikanismus im 15. Jahrhundert zu einer großen Bewegung und führte zur Pragmatischen Sanktion von Bourges 1438, einer Vereinbarung zwischen König und Klerus, in der die Rechte des Königs (Gerichtsbarkeit, Stellenbesetzung) festgeschrieben wurden. Ihren Höhepunkt erreichte diese Bewegung unter Ludwig XIV., der 1682 ein französisches Nationalkonzil nach Paris berief. Hier wurden in vier Artikeln, redigiert von Bischof J. B. Bossuet (†1704), die gallikanischen Freiheiten verkündet, die bis zur Französischen Revolution in Geltung blieben und kurz zusammengefasst lauten:

1. Nur in geistlichen, nicht aber in weltlichen Dingen ist den Päpsten und der Kirche Gewalt von Gott verliehen; die Fürsten sind in zeitlichen Dingen von der kirchlichen Gewalt unabhängig.

2. Die Gewalt des Papstes in geistlichen Dingen ist durch die Autorität der allgemeinen Konzilien beschränkt (Dekrete des Konzils von Konstanz 1414-1418).

3. Die Ausübung der päpstlichen Gewalt ist durch die von den Konzilien festgelegten Kanones beschränkt. Außerdem bleiben die Gesetze und Gewohnheitsrechte des französischen Königs und der französischen Kirche, wie sie bisher ausgeübt wurden, weiter in Geltung.

4. Entscheidungen des Papstes in Glaubensfragen bedürfen der Zustimmung der Gesamtkirche.

Der Papst erklärte 1690 die gallikanischen Artikel für null und nichtig. Doch wirkten die darin ausgesprochenen Ideen in der verschiedensten Weise fort. Es gab einen mehr staatsgebundenen und einen vorwiegend episkopalistischen Gallikanismus. An der Universität in Paris konnte sich lange Zeit eine von Rom unabhängige theologische Wissenschaft entfalten, die episkopale Tendenzen in Frankreich und in den Niederlanden stärkte. Der spätere Jansenismus machte sich viele dieser Gedanken zu eigen. Im 19. Jahrhundert nach dem Niedergang des Staatskirchentums gewann vor allem der vierte gallikanische Artikel wieder an Bedeutung. Ihn wollte das I. Vatikanische Konzil endgültig verurteilen. Die alt-katholischen Theologen distanzierten sich von der staatsabsolutistischen Form des Gallikanismus, benutzten aber vielfach die Erkenntnisse des episkopalistischen Gallikanismus, z. B. eines Bossuet. Während die Überbetonung der Staatsgewalt zeitbedingt war, ist die Bemühung um die Rechte der Ortskirche ein bleibendes Verdienst der gallikanischen Bewegung.

Jansenismus

Der Jansenismus erhielt seinen Namen vom niederländischen Gelehrten und Bischof von Ypern, Cornelis Jansen (1585-1638), der in seinem Buch über den Kirchenvater Augustinus dessen Lehre über die Gnade zusammenfasste. Seit der Reformation hatte Augustinus' Lehre auch in der katholischen Kirche an Bedeutung gewonnen, war aber gleichzeitig zu explosivem Stoff geworden. Denn im 17. Jahrhundert war man sich in der Frage uneinig, ob der Mensch durch seinen eigenen Willen etwas zu seiner Rettung beitrage oder ob er völlig von Gottes Gnade abhängig sei. Jansen und die Seinen wollten der Lehre des Augustinus gerecht werden und betonten wie er die völlige Abhängigkeit des Menschen von Gottes Gnade. Die Jesuiten hingegen wollten sich stärker gegen die Reformatoren abgrenzen und stellten daher das menschliche Vermögen, gute Werke zu tun, mehr in den Vordergrund. Durch den großen Einfluss der Jesuiten in der Kurie kam es zu einer Verurteilung von Jansens Buch durch Papst Innozenz X. aufgrund von fünf Sätzen, die eine sehr einseitige und zum Teil entstellende Zusammenfassung einiger

Teile seines Buches darstellten. Die Reaktion der Anhänger von Jansen (Jansenisten) war nuanciert: Sie gestanden dem Papst zwar das Recht zu, diese Sätze als häretisch zu verurteilen, aber sie weigerten sich anzuerkennen, dass der Papst verbindlich festlegen könne, ob die Sätze – es waren keine wörtlichen Zitate – tatsächlich im Sinne des (schon verstorbenen) Jansen seien. Diese Unterscheidung zwischen Recht und Tatsache bestimmte die weitere Kontroverse, die sich jetzt zuspitzte auf die Frage nach der päpstlichen Kompetenz. Schließlich verkündete der Papst per Dekret, dass er entscheiden könne, was Jansen wirklich gemeint habe, also festsetzen, was Tatsache ist und was nicht. Augustinus' Einfluss führte im 17. Jahrhundert zu einer Vertiefung der Frömmigkeit, wie man sie z. B. bei Kardinal De Bérulle (1575-1629) und Franz von Sales (1567-1622) findet. Das französische Kloster und spirituelle Zentrum Port Royal, das sich sehr für die Anerkennung von Jansen einsetzte, war von den Gedanken der augustinischen Spiritualität durchdrungen. Angelique Arnauld hatte das verweltlichte Kloster reformiert und zu einem Zentrum mit großer Ausstrahlung gewandelt. St. Cyran, ein Freund Jansens, war der geistliche Berater des Klosters und der Familie Arnauld. Im Umfeld des Klosters entstand ein Kreis von aristokratischen Herren – zu denen auch der Philosoph und Naturwissenschaftler Blaise Pascal und der Theologe Antoine Arnauld gehörten –, die eine fast asketische Frömmigkeit übten. Kennzeichnend für die jansenistische Spiritualität ist die zentrale Bedeutung der Liebe zu Gott und der Verpflichtung zur Wahrheitssuche. Beim Empfang der heiligen Kommunion wurde auf eine vorhergehende Gewissenserforschung und auf die innere Haltung großer Wert gelegt. Die stärkere Betonung des einzelnen vor Gott und einer persönlichen Frömmigkeit sowie der Lehre Augustins führte zur Offenheit gegenüber der Reformation. Die Port-Royalisten waren die ersten Katholiken, die eine Annäherung an die Evangelischen wagten. Sie fand später ihren Höhepunkt im Dialog zwischen Bossuet und Leibniz. Ein Vertreter der moralischen jansenistischen Richtung war Pasquier Quesnel, der einen moraltheologischen Kommentar zum Neuen Testament schrieb. Diese „Réflexions Morales" waren sehr beliebt, riefen aber auch Widerstand hervor und wurden mehrfach in Rom denunziert. Im Jahre 1713 wurde das Werk durch die Bulle „Unigenitus" verurteilt, ohne dass Quesnel die Gelegenheit gehabt hatte, sich zu verteidigen. Weil die Bulle im Prinzip auch

Cornelis Jansen

Ideen von Augustinus verurteilte, war es nicht verwunderlich, dass sich Protest erhob. Er erreichte seinen Höhepunkt am 5. März 1717 im Appell von vier Bischöfen und der Pariser theologischen Fakultät, der berühmten Sorbonne, an ein allgemeines Konzil. Rom wies den Appell zurück. Das autoritäre und zunehmend zentralistische Verhalten Roms dem Jansenismus gegenüber rief Fragen nach der Kompetenz des Papstes hervor. Deshalb verband sich der Jansenismus mit dem Widerstand gegen den wachsenden Zentralismus Roms am Ende des 17. und Anfang des 18. Jahrhunderts. Dies entsprach auch der Verfassung der alten Kirche und der Haltung Augustinus', der seinerzeit den Ansprüchen Roms widerstanden und sich für das Verbot der Appellation an Rom in kirchlichen Prozessen eingesetzt hatte. Aus diesem Widerstand heraus entstand auch die niederländische alt-katholische Kirche, die entgegen den Dekreten aus Rom an den Rechten der Lokalkirche festhielt.

Zunehmend verband der ekklesiologische Jansenismus sich mit dem Gallikanismus. Dabei muss unterschieden werden zwischen dem politischen und dem episkopalen Gallikanismus. Ersterer wollte den Monarchen mehr Einfluss in der Kirche zugestehen, während letzterer bestrebt war, den Kirchenprovinzen eine größere Selbstständigkeit gegenüber Rom zu geben. Der episkopale Gallikanismus stand dem Jansenismus am nächsten, obwohl Jansen selbst ultramontan (der römischen Autorität treu) gewesen war. Der politische Gallikanismus wurde anfangs von den Port-Royalisten scharf abgelehnt (wegen der Verfolgungen durch Ludwig XIV.), doch später machten die Jansenisten in ihrem Streit gegen die römischen Behörden immer mehr Zugeständnisse an die weltlichen Behörden und tendierten somit zum politischen Gallikanismus. Als jedoch die staatskirchlichen Tendenzen in der französischen Revolution rigoros durchgeführt wurden und die Kirche nach der neuen Verfassung dem Staat völlig untertan werden sollte, konnten die meisten Jansenisten dies nicht mitvollziehen. Wieder flohen viele von ihnen in die Niederlande. Durch den Einfluss dieser Flüchtlinge wirkte das jansenistische Gedankengut noch lange in der niederländischen alt-katholischen Kirche weiter. Bis auf den heutigen Tag können ältere Menschen erzählen, dass sie als Kinder von römisch-katholischen Christen als „Schantenisten" beschimpft worden sind. Die Erinnerung an die großen Gestalten der jansenistischen Bewegung und die

Verbindung zu Port-Royal sind in der alt-katholischen Kirche bis heute wach geblieben.

Die Kirche von Utrecht

Als „Kirche von Utrecht" bezeichnet man das alt-katholische Erzbistum Utrecht mit den beiden Bistümern Haarlem und Deventer, bei der „Utrechter Union" handelt es sich um den internationalen Zusammenschluss der alt-katholischen Bischöfe und ihrer Kirchen unter dem Ehrenvorsitz des Erzbischofs von Utrecht.

Die Anfänge der Kirche von Utrecht gehen zurück auf den heiligen Willibrord, einen angelsächsischen Mönch und Apostel der Friesen, der 695 bis 739 der erste Bischof von Utrecht war. Schon im Mittelalter zeichnen sich die Bischöfe von Utrecht durch ihre weitgehende Unabhängigkeit von Rom aus. Ihre Wahl war Sache des durch den einheimischen Klerus gewählten Domkapitels, dessen Rechte durch den Kaiser ausdrücklich bestätigt worden waren. Auch förderten die Bischöfe die Verbreitung holländischer Bibelübersetzungen und schützten die landeseigenen Überlieferungen im gottesdienstlichen und im Frömmigkeitsleben. In den Wirren der Reformationszeit hatten sie unter dem Misstrauen und den Verfolgungen der Regierung und des evangelischen Bevölkerungsteiles viel zu leiden. Ihre Gottesdienste wurden verboten oder durch strenge Maßnahmen so eingeschränkt, dass die Gemeinden vielfach genötigt waren, ihren Gottesdienst in „Versteckkirchen" abzuhalten. Mit der Zeit entwickelten sich jedoch tolerante Beziehungen mit der reformierten Mehrheit. Andererseits erschwerte die römische Kurie dem einheimischen Klerus seine Aufgabe durch Entsendung jesuitischer Missionare. Als im Verlaufe der jansenistischen Streitigkeiten viele Franzosen in der Kirche von Utrecht Asyl fanden, wurden ihre Erzbischöfe des Jansenismus verdächtigt, allen voran Erzbischof Petrus Codde (†1710), der nach Rom gerufen und 1702 abgesetzt worden war. Als der Papst an seiner Stelle einen apostolischen Vikar ernannte und das Domkapitel als nicht mehr bestehend erklärte, hielt dieses an seinen alten Rechten fest und wählte am 17. April 1723 Cornelius Steenoven (†1725) zum Erzbischof. Die Bischofsweihe erhielt er durch den französischen Missionsbischof Dominique Maria Varlet (†1742). Rom setzte Cornelius Steenoven in den Bann, dies wiederholte sich bis zum Ende des 19.

Erzbischof Petrus Codde (1688-1710)

Der erste von Rom unabhängige Erzbischof Cornelis Steenoven (1723-1725)

Jahrhunderts bei jeder neuen Bischofswahl. Mit der Wahl von Steenoven war der Bruch zwischen „Rom" und „Utrecht" eine Tatsache. 1742 und 1758 folgte die Wahl von Bischöfen von Haarlem und Deventer. Beide Bistümer waren 1559 errichtet worden; Haarlem bestand seitdem ununterbrochen, Deventer war aber ab 1591 evangelisch und galt als „Titularsitz". Die Kirche von Utrecht unterhielt in jener Zeit enge Verbindungen mit den Jansenisten in Frankreich, von denen viele fliehen mussten. Sie wurden in Utrecht gastfrei aufgenommen, unter anderem im Haus am Mariaplatz, das später die Amtswohnung der Erzbischöfe wurde. Im Volksmund erhielt dieses Haus den Namen „französischen Haus".

Nach der Trennung von Rom sah sich die Kirche von Utrecht gezwungen, eine eigene Organisation aufzubauen. 1724 wurde das erzbischöfliche Seminar in Amersfoort gegründet. Und großer Verfolgung ging die „kleine" Kirche von Utrecht unbeirrt ihren Weg weiter. Auf der Provinzialsynode von 1763 erklärte sie sich zur Aussöhnung mit Rom bereit, wurde aber schroff zurückgewiesen. Im Bewusstsein ihrer Verpflichtung, dem katholischen überlieferten Glauben treu zu bleiben, verwarf sie das neue römisch-katholische Dogma von 1854 und die beiden Papstdogmen von 1870. Als sich nach dem I. Vatikanum in Deutschland, in der Schweiz und in Österreich alt-katholische Kirchen bildeten, sah sie in ihnen eine Geistesverwandtschaft und ließ ihnen daher auch sofort kirchliche Hilfe zukommen. So unternahm der Erzbischof von Utrecht 1872 eine Firmreise nach Deutschland, 1873 wurde der erste gewählte deutsche alt-katholische Bischof in Rotterdam geweiht. Dadurch wurden die Bischöfe der alt-katholischen Kirche in die bischöfliche Amtsnachfolge der katholischen Kirche eingegliedert. Durch den Zusammenschluss 1889 in der Utrechter Union wurde diese Verbindung mit den anderen alt-katholischen Kirchen besiegelt. Aufgrund ihrer langen Geschichte und den Sitz des Erzbischofs in Utrecht wurde sie zum Mittelpunkt der anderen alt-katholischen Kirchen; der Erzbischof von Utrecht wurde Vorsitzender der internationalen alt-katholischen Bischofskonferenz.

Febronianismus

Im Jahre 1763 erschien unter dem Decknamen Justinus Febronius ein Buch des Trierer Weihbischofs Johann Nikolaus von Hontheim über den Stand der Kirche und die rechtmäßige Gewalt des römischen Papstes. Hontheim war ein Schüler des bekannten Kirchenrechtslehrers Bernhard van Espen, Professor in Löwen, †1782 in Utrecht, bei dem er den altkirchlich begründeten Episkopalismus und auch den Gallikanismus kennenlernte. Sein Ziel war es, die altkirchliche Verfassung wiederherzustellen und auf ihrer Grundlage eine Wiedervereinigung mit den evangelischen Kirchen herbeizuführen. Hontheim ging in seinem Buch von der Grundanschauung aus, dass Christus der ganzen Kirche in den Aposteln die Schlüsselgewalt und die Unfehlbarkeit übertragen habe. Jeder Bischof habe infolge seiner unmittelbaren göttlichen Einsetzung dieselben Rechte in seiner Diözese wie der Papst als Bischof von Rom in seiner. Der päpstliche Primat, ein Primat der Ehre, gehe auf kirchliche Regelungen zurück. Als „primus inter pares" – Erster unter Gleichen – stünden ihm gewisse Aufsichtsrechte zu, die zur Erhaltung der Einheit der Kirche notwendig seien. Den Bischöfen und Landeskirchen sollten ihre ursprünglichen Rechte wiedererstattet werden, die sich die Päpste zum großen Teil aufgrund der pseudoisidorischen Fälschungen angeeignet hatten. Mit großer Gelehrsamkeit sammelte Hontheim in seinem Buch viele Zeugnisse aus der ganzen Kirchengeschichte. Das Buch wurde in mehrere Sprachen übersetzt. Papst Klemens XIII. verurteilte es 1764, und Hontheim leistete 1778 einen bedingten Widerruf. Das Werk des Febronius übte einen nachhaltigen Einfluss auf die Widerstandsbewegungen gegen den römischen Zentralismus aus. Die Erzbischöfe engagierten sich für die Selbstständigkeit der Lokalkirchen (Koblenzer Gravamina 1769; Emser Punktation 1786); es fehlte aber an Unterstützung durch die Bischöfe und das Kirchenvolk und durch die Regierungen, mit Ausnahme von Österreich.

Josephinismus

Der Josephinismus war der Versuch Kaiser Josephs II. von Österreich (1780-1790), in seinem Lande aufgrund gallikanischer, jansenistischer und febronianischer Ideen im Sinne des aufgeklärten Absolutismus die Reform der katholischen Kirche durchzuführen. Sein Bruder Leopold II. (†1792) wirkte in ähnlichem Sinne in der Toscana. Viele gute Gedanken zur Gestaltung des Gottesdienstes, zur Kranken- und Armenpflege, zur Ausbildung der Priester und zur Wiederherstellung der Rechte der Ortskirchen wurden durch den Tod beider Brüder unterbrochen. Andere Grundsätze, vor allem im Staatskirchenrecht, wirkten noch lange nach. Berühmt wurde auch die Synode von Pistoia (1786); auf ihr wurden eine Reform der heiligen Messe, die Stärkung der Autorität der Bischöfe und eine bessere Ausbildung der Geistlichen gefordert. Dem Papst wurde der Vorrang des Dienstes zugestanden. 1794 wurden diese Beschlüsse jedoch durch den Papst verurteilt, nachdem durch den frühen Tod des Kaisers ein Rückschlag in dieser Bewegung eingetreten war. Durch das Toleranzpatent von 1781 wurde der evangelischen Kirche in Österreich bürgerliche Gleichberechtigung und freie Religionsausübung verliehen. Nach 1870 haben die österreichischen Alt-Katholiken allerdings nicht die gleiche Toleranz gefunden. Sie mussten lange auf die staatliche Anerkennung warten.

Ignaz Heinrich von Wessenberg

Ignaz Heinrich von Wessenberg (1774-1860) war von 1802 bis 1817 Generalvikar der Diözese Konstanz. Nach dem Tod des Fürstbischofs Karl Theodor von Dalberg, der gleichzeitig Bischof von Mainz und Worms war, wurde er 1817 vom Konstanzer Domkapitel zum Bistumsverweser gewählt. Diese Wahl wurde von der römischen Kurie nicht bestätigt. Jedoch verwaltete er das Bistum noch bis zu seiner Aufhebung durch die römische Kurie im Jahre 1827. In Wessenberg verbanden sich viele Gedanken der Aufklärung mit einer tiefen persönlichen Frömmigkeit. Er war befreundet mit seinem Lehrer Johann Michael Sailer, dem späteren Bischof von Regensburg, und mit dem bekannten Pädagogen Johann Heinrich Pestalozzi. Beide Männer übten einen großen Einfluss auf ihn aus. In seinem Amt als Generalvikar und als späterer Bistumsverweser strebte Wessenberg nach Wiederherstellung der bischöflich-landeskirchlichen Ordnung. So trat er auf dem Wiener Kongress 1814 für die Bildung einer katholischen Nationalkirche mit eigenem Primas ein, ohne die Bindung mit Rom völlig zu lösen. Durch grundlegende Reformen suchte er die Erziehung und wissenschaftliche Bildung der Geistlichen im Bistum Konstanz zu fördern. Gleichzeitig war er bestrebt, das gottesdienstliche Leben und die Seelsorge neu zu gestalten. So führte er in Teilen des Gottesdienstes und der Spendung der Sakramente den Gebrauch der Landessprache ein. Er wandte sich gegen die übertriebene Heiligenverehrung und die Wallfahrten. Er sah in der Heiligen Schrift die Quelle echter Frömmigkeit und christlichen Lebens und suchte deshalb die Gläubigen wieder zum Lesen der Bibel zurückzuführen. Er trat auch für die Aufhebung des Zwangszölibats der Priester ein. Seine Reformen wurden in weiten Kreisen der Geistlichkeit und des Volkes begrüßt. Ihr Einfluss ist bis in unsere Zeit spürbar und hat nach 1870 zur Entstehung zahlreicher alt-katholischer Gemeinden im Bereich des ehemaligen Bistums Konstanz beigetragen. Romorientierte, „ultramontane" Kreise, besonders Jesuiten, bekämpften Wessenberg scharf, verdächtigten und verleumdeten ihn bei der römischen Kurie. Nach der Aufhebung des Bistums Konstanz wurde seine Wahl zum Bischof des neu errichteten Erzbistums Freiburg von Rom abgelehnt. Wessenberg zog sich nach 1827 ins Privatleben zurück; er veröffentlichte zahlreiche Werke, darunter eine Geschichte der Reformkonzilien des 15. und des 16. Jahrhunderts. Er nahm oft zu kirchlichen Tagesthemen Stellung und stiftete caritative und kulturelle Werke in Konstanz, wo er 1860 starb. Er war der letzte große Vertreter des innerkatholischen episkopalen Widerstands gegen den päpstlichen und kurialen Zentralismus und gleichzeitig Förderer einer zielstrebigen, tiefgründigen und universalen katholischen Reformbewegung, die nicht zuletzt die alt-katholische Bewegung in vieler Hinsicht befruchtet hat.

Weitere Reformversuche

Obwohl der römische Katholizismus seit 1815 einen großen Aufschwung nahm, gab es doch weitere Reformversuche und einen großen Reformwillen. Insbesondere in Deutschland wurden Reformen gefordert, die vom Geist Wessenbergs geprägt waren. In der Schweiz gewann eine Reformpartei, die sich christkatholisch nannte, etwa ab 1830 an Einfluss. In der Gelehrtenwelt nahm die sogenannte historische Schule, die ihren Mittelpunkt in Tübingen und München hatte, eine führende Stellung ein. Zu ihr gehörte auch der Münchener Stiftspropst Ignaz von Döllinger, der durch seinen Widerstand gegen das I. Vatikanum zu einem der geistigen Väter der alt-katholischen Bewegung und schließlich der alt-katholischen Kirche wurde. Auch die Vertreter der historischen Schule strebten eine Reform der Kirche an und vertraten den Grundsatz, dass für den Glauben etwas nicht wahr sein kann, was geschichtlich nachweisbar falsch oder unbeweisbar ist. Sie forderten daher eine Rückkehr der Kirche zu den Quellen, zur Heiligen Schrift und zu den Ordnungen der frühen Kirche. Da eine solche Rückkehr aber nur möglich ist, wenn die Freiheit des Gewissens und der Forschung gewahrt sind, nannten sie sich „liberale", frei gesinnte Katholiken. Beides war ihnen wichtig: die Rückkehr zur alten Kirche und die Freiheit des Gewissens.

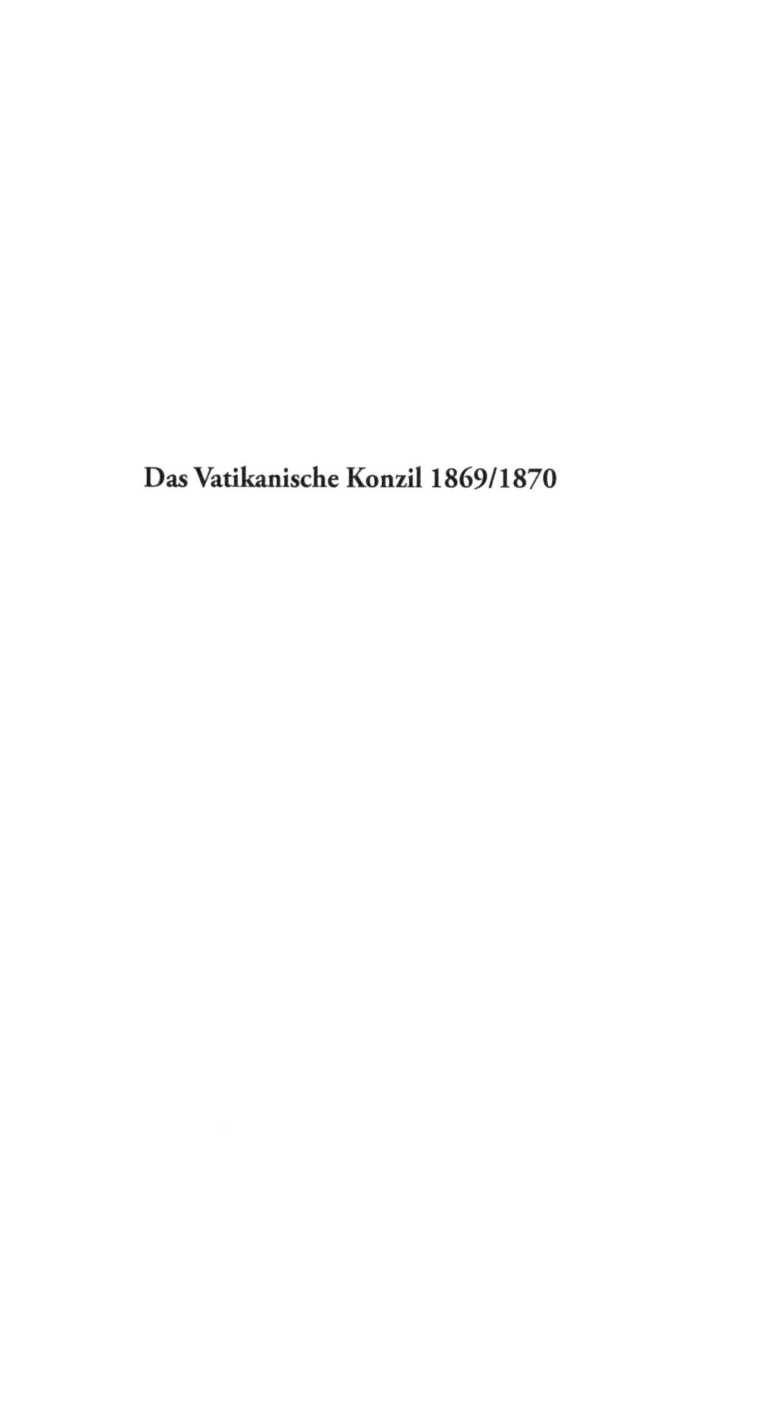

Das Vatikanische Konzil 1869/1870

Nach der großen Kirchenspaltung im Jahre 1054 mit der gegenseitigen Exkommunikation hatte es kein wirklich ökumenisches Konzil mehr gegeben. Alle darauf folgenden Konzilien, auch wenn sie sich den anspruchsvollen Titel „ökumenisch" zulegten, waren in Wirklichkeit nur noch Partikularkonzilien eines Teiles der Christenheit. Daher haben ihre Lehräußerungen für die alt-katholische Kirche auch keinen verbindlichen Charakter. Das verhängnisvollste dieser Teilkonzilien war das I. Vatikanum 1869/1870, welches die Anerkennung der Unfehlbarkeit und der Universaljurisdiktion des römischen Papstes als Dogmen verlangte. Das I. Vatikanum war weder ökumenisch – orthodoxe, anglikanische und evangelische Christen waren nicht vertreten – noch war es frei – vom Papst unmittelbar abhängige Bischöfe stellten die Konzilsmehrheit – noch basierte es auf wirklich synodalen Grundlagen – die versammelten Bischöfe waren fast alle nicht mehr von synodalen Gremien gewählt. Mit diesem Alleinvertretungsanspruch eines Teilkonzils und seines Leiters über die ganze Christenheit wurde der Riss zwischen der römisch-katholischen Kirche und den anderen Kirchen nahezu unüberbrückbar vertieft. Hatte Papst Gregor VII. noch im elften Jahrhundert durchgesetzt, dass die Beschlüsse aller lokalen Synoden von Rom bestätigt werden mussten, ging die Entwicklung nun den letzten großen Schritt mit dem Dogma von der Universaljurisdiktion des Bischofs von Rom als Papst der ganzen Christenheit. Damit wurde für die römisch-katholische Kirche definitiv die Oberherrschaft des Bischofs von Rom über synodale Gremien und deren Beschlüsse besiegelt.

Doch zurück in die geschichtliche Entwicklung: Nach dem Untergang der großen Widerstandsbewegungen erstarkte die Vormachtstellung des Bischofs von Rom zu Beginn des 19. Jahrhunderts von Neuem. Pius IX. gab durch zwei Aufsehen erregende Akte zu verstehen, dass er beabsichtigte, die Lehrunfehlbarkeit und die oberste volle Kirchengewalt für sich in Anspruch zu nehmen: 1854 erhob er die franziskanische Schulmeinung von der unbefleckten Empfängnis Mariens zur allgemein verbindlichen Glaubenslehre, ohne für diese Glaubensentscheidung ein Konzil einzuberufen, wie es in der frühen Kirche üblich gewesen war (eine Lehre übrigens, von der die meisten heute fälschlicherweise annehmen, dass es sich dabei um die Jungfrauengeburt handele; stattdessen meint diese Lehre, dass Maria bei ihrer Empfängnis frei von der „Erbsünde" war). Im Jahr 1864 erließ er zudem den Syllabus, eine feierliche Erklärung, durch die z. B. die Glaubens- und Gewissensfreiheit verworfen wurde und die Oberhoheit sogar über die staatliche Gewalt verlangt wurde. Damit wurde der Boden bereitet für das kommende Konzil.

Das Konzil wurde für den 8. Dezember 1869 nach Rom einberufen, ohne dass in der Einladung mitgeteilt wurde, was verhandelt werden sollte.

Als bekannt wurde, dass die mittelalterliche Lehre über das Papsttum zur Glaubenslehre erhoben werden sollte, unterstützten von den anwesenden 778 Bischöfen nur 380 diese Forderung; 136 erhoben sofort Widerspruch. Die Minderheit war stärker als erwartet, sie vertrat etwa ein Drittel der damaligen katholischen Bevölkerung. Ihr gehörten insbesondere Bischöfe aus Deutschland, Frankreich und Österreich-Ungarn an, darunter Männer von hohem Ansehen und von hoher Gelehrsamkeit. Zwischen den Parteien kam es beim Konzil zu einem zähen und leidenschaftlichen Kampf. Wissenschaftler, an ihrer Spitze Ignaz von Döllinger, riefen durch Zeitungsartikel zum Widerstand auf und unterstützen die Minderheitsbischöfe durch Gutachten. Diese hatten jedoch einen schweren Stand. Als die Lage für sie aussichtslos wurde, verließen 55 von ihnen das Konzil, bevor es zur Schlussabstimmung kam. Diese fand am 18. Juli 1870 statt. Von den ursprünglich eingeladenen 1084 Bischöfen waren nur etwas über die Hälfte anwesend, und von diesen stimmten 533 mit Ja, zwei dagegen, die sich aber nach der Abstimmung der Entscheidung unterwarfen. Darauf verkündete Pius IX. die beiden entscheidenden Sätze vom göttlichen, universalen Rechtsprimat und von der Lehrunfehlbarkeit des Papstes als göttlich geoffenbarte Glaubenswahrheiten, die auf ewige Seligkeit hin anzunehmen seien.

Pastor Aeternus, wie dieses Dekret nach den Anfangsworten benannt ist, enthält vier Kapitel. Darin heißt es:
1. Von der Einsetzung des apostolischen Primates im heiligen Petrus:
„... Wer daher sagt, der heilige Apostel Petrus sei nicht von Christus, dem Herrn, zum Fürsten aller Apostel und zum sichtbaren Haupt der

ganzen streitenden Kirche bestellt worden, oder er habe nur einen Eh-renprimat und nicht den Primat der wahren und eigentlichen Juris-diktion (Rechtsbefugnis) von unserem Herrn Jesus Christus direkt und unmittelbar erhalten, der sei im Banne ...“

2. Von der Fortdauer des Primates des heiligen Petrus in den römischen Päpsten

„... Wer also behauptet, es beruhe nicht auf Anordnung Christi des Herrn selber oder nicht auf göttlichem Rechte, dass der heilige Petrus im Primat über die gesamte Kirche immerwährend Nachfolger habe; oder der römische Papst sei nicht Nachfolger des heiligen Petrus in die-sem Primate, der sei im Banne ...“

3. Vom Umfang und der Beschaffenheit des Primates des römischen Papstes

„... Mithin lehren und erklären wir, dass nach der Anordnung des Herrn die Römische Kirche über alle andern den Vorrang der ordent-lichen Gewalt besitzt, und dass diese Jurisdiktionsgewalt des römischen Papstes eine wahrhaft bischöfliche und unmittelbare ist, welcher gegen-über die Hirten und Gläubigen jeglichen Ritus und Ranges, einzeln sowohl wie in ihrer Gesamtheit, die Pflicht hierarchischer Unterord-nung und wahren Gehorsams haben, nicht allein in Sachen des Glau-bens und der Sitten, sondern auch in Sachen der Disziplin (Ordnung) und Regierung der über den ganzen Erdkreis verbreiteten Kirche ...

... Wer also sagt, der römische Papst habe nur das Amt einer Aufsicht oder Leitung und nicht die volle und höchste Jurisdiktionsgewalt über die ganze Kirche, und zwar nicht nur in Sachen des Glaubens und der Sitten, sondern auch in Sachen, welche die Disziplin und Regierung der über den ganzen Erdkreis verbreiteten Kirche betreffen; oder er habe nur den bedeutenderen Anteil, nicht aber die ganze Fülle dieser höchsten Gewalt; oder diese seine Gewalt sei keine ordentliche und un-mittelbare, ebenso über die gesamten und die einzelnen Kirchen wie über die gesamten und einzelnen Hirten und Gläubigen, der sei im Banne.“

4. Vom unfehlbaren Lehramte des römischen Papstes

„... Zur Ehre Gottes, unseres Heilandes, zur Erhöhung der katholi-schen Religion und zum Heile der christlichen Völker lehren und defi-nieren wir als göttlich geoffenbartes Dogma mit Gutheißung des Kon-zils und in treuem Anschluss an die vom Anbeginne des christlichen Glaubens überkommene Tradition:

Wenn der römische Papst in amtlicher Lehrgewalt (ex cathedra) spricht – das heißt, wenn er in Ausübung seines Amtes als Hirte und Lehrer aller Christen, kraft seiner höchsten apostolischen Autorität eine von der gesamten Kirche festzuhaltende Lehre über den Glauben oder die Sitten definiert – so besitzt er auf Grund des göttlichen, im heiligen Petrus ihm verheißenen Beistandes jene Unfehlbarkeit, mit welcher der göttliche Erlöser seine Kirche bei der Definition von Glaubens- und Sittenlehren ausgestattet wissen wollte. Und deshalb sind solche Definitionen des römischen Papstes aus sich selbst, nicht aber auf Grund der Übereinstimmung der Kirche, unabänderlich. Wenn aber jemand dieser unserer Definition, was Gott verhüte, zu widersprechen wagen sollte, der sei im Banne."

Mit diesen Glaubenssätzen wurde nicht nur der Konziliarismus und der Episkopalismus der großen katholischen Widerstands- und Reformbewegungen zurückgewiesen, sondern auch die Verfassungsordnung der alten Kirche grundlegend aufgehoben. Noch aber war der Widerstand weiter katholischer Kreise nicht gebrochen. In der alt-katholischen Bewegung setzte er sich fort.

Die alt-katholische Kirche

Die alt-katholische Kirche in Deutschland:
Der Widerstand

Der Widerstand gegen die Konzilsbeschlüsse ließ nicht lange auf sich warten. Hatte es schon vor dem Konzil viele warnende Stimmen gegeben und auf dem Konzil ebenfalls, kam es insbesondere im deutschsprachigen Raum zu einer Widerstandsbewegung und zum „Protest", der allerdings im Wortsinne des lateinischen „Pro Testis" verstanden werden wollte als „Zeugnis für" die Wahrheit der alten Kirche. Führend in dieser Bewegung wurde Ignaz von Döllinger.

Ignaz von Döllinger

Johann Joseph Ignaz von Döllinger, geboren am 28. Februar 1799 in Bamberg, war der geistige Führer der Opposition gegen die Papstdogmen des I. Vatikanischen Konzils und der wichtigste Theologe der alt-katholischen Bewegung. Er wurde 1822 zum Priester geweiht, 1826 zum Doktor der Theologie promoviert und im selben Jahr an die gerade neu eröffnete Universität in München als Professor für Kirchenrecht und Kirchengeschichte berufen. Er vertrat mit Nachdruck eine wissenschaftliche Theologie und erwies sich dabei durchaus als Verfechter traditioneller kirchlicher Lehren, die er jedoch im Laufe seiner Forschungen schon hier und da korrigierte. Sein Leitgedanke war von Anfang an „was überall, immer und von allen geglaubt worden ist, ist wahrhaft und im eigentlichen Sinn katholisch" (Vinzenz von Lerin). Im Revolutionsjahr 1848 wurde Döllinger als Abgeordneter in die Frankfurter Nationalversammlung gewählt. Er war zu dieser Zeit auch theologischer Berater der deutschen Bischöfe. Schon zuvor in München, ausführlicher jetzt in den Grundsatzdebatten des Parlaments bei der Frage nach dem Verhältnis von Kirche und Staat, sprach er sich für eine freie Kirche in einem freien Staat aus. Es ging ihm dabei vor allem um die Freiheit der Kirche von Eingriffen und Bevormundungen absolutistischer Staaten und Regierungen. In seinen Vorstellungen von einer „deutschen katholischen Kirche", in der es wieder Nationalsynoden mit Geistlichen und Laien geben müsse, nannte er als eine spezielle Aufgabe dieser deutschen Nationalkirche die Pflege der theologischen Wissenschaft. Infolge dieser Äußerungen wurde Döllinger erstmals in Rom von jesuitischen Theologen als unzuverlässig denunziert. Dort war 1846 Giovanni Maria Mastai Ferreti als Pius IX. zum Papst gewählt worden. Auf ihn richteten sich nach dem konservativen Gregor XVI. die Hoffnungen vieler Liberaler. Die Ereignisse der Revolution von 1848 (Aufstand im Kirchenstaat und Vertreibung des Papstes, Ausrufung der Republik in Rom) bewirkten eine Sinnesänderung. Pius IX. stellte ab 1850 im Kirchenstaat das reaktionäre Polizeiregiment wieder her, verstärkte den hierarchischen Aufbau der Kirche und ihre Zentralisierung und verurteilte schroff alle modernen Ideen, auch die bürgerlichen Freiheiten. 1854 verkündete Pius IX. das Dogma von der Unbefleckten Empfängnis Mariens, über die – so Döllinger – der Kirche nichts geoffenbart und nichts überliefert worden ist. Viele deutsche Theologen waren wie Döllinger sehr befremdet, vor allem, weil erstmalig ein Papst ohne Konzil die Verkündigung eines Dogmas, also einen für alle Katholiken verbindlichen Glaubenssatz, beanspruchte. Die Münchner theologische Fakultät hatte in einem Gutachten von diesem Schritt abgeraten, dennoch hielt sich Döllinger zu diesem Zeitpunkt mit öffentlicher Kritik zurück.

Der Konflikt trat offen zutage, als Döllinger 1861 in zwei öffentlichen Vorträgen („Odeons-Vorträge") darlegte, der Verlust des Kirchenstaates und damit der politischen Herrschaft des Papstes könne gegebenenfalls der Freiheit und Unabhängigkeit der Kirche dienen. Der römische Nuntius in Deutschland reagierte empört. 1863 trafen sich auf Einladung Döllingers deutsche Theologen aller Richtungen in München. Es ging um die Frage der wissenschaftlichen Theologie, um den Stellenwert von Kirchengeschichte und Exegese die von der neuscholastischen Schule völlig der spekulativen Theologie untergeordnet wurde. Döllinger hielt eine große wegweisende Rede. Der Papst unterband durch autoritäre Auflagen weitere Versammlungen dieser Art. Die Kluft vergrößerte sich noch erheblich, als Pius IX. 1864 zusammen mit der Enzyklika „Quanta Cura" (einem Rundschreiben an die Weltkirche) einen Katalog von 80 Zeitirrtümern, den sogenannten „Syllabus", verschickte. Der Papst verurteilt neben vielem anderen auch die Gewissens-, Kult-, Versammlungs-, Meinungs- und Pressefreiheit und Demokratie und betonte gegenüber Döllingers historisch-kritischer Methode die Autorität Roms und der scholastischen Doktoren des Mittelalters auch in rein wissenschaftlichen Fragen. Döllingers historisches Gewissen war nun schwer getroffen. Da er selbst an den mittelalter-

Johann Joseph Ignaz von Döllinger

lichen Urkundenfälschungen forschte, die bei der Machtentfaltung des Papsttums eine erhebliche Rolle gespielt hatten, erfüllte ihn nun das Machtstreben dieses Papstes mit großer Sorge. Diese Sorge Döllingers und anderer Theologen wuchs, als sich in der Folgezeit die Gerüchte verdichteten, der Papst wolle sich für unfehlbar erklären lassen. 1869/70 kam es dann zum entscheidenden Schritt: Pius IX. lud zum I. Vatikanischen Konzil nach Rom. Döllinger, immer noch unbestrittener Kopf der deutschen Theologie, wurde nicht als Konzilsberater eingeladen. Seine Schüler, Professor Johannes Friedrich als theologischer Berater des liberalen Kardinals Prinz Hohenlohe, Lord John Acton und andere Freunde hielten ihn von Rom aus auf dem laufenden. Unter dem Pseudonym „Janus" hatte sich Döllinger noch vor dem Konzil öffentlich in der „Augsburger Allgemeinen Zeitung" mit der Papstfrage auseinandergesetzt und bereits die wichtigsten Gegenargumente gegen die römischen Beschlüsse geliefert: Die Unfehlbarkeit und Universaljurisdiktion des Papstes ließen sich weder biblisch noch kirchengeschichtlich begründen. Während des Konzils zeigten Döllingers Gutachten und die unter dem Pseudonym „Quirinus" veröffentlichten „Römischen Briefe vom Konzil", dass das I. Vatikanum kein echtes ökumenisches und freies Konzil ist. Viele Wissenschaftler, darunter zahlreiche Theologen, schlossen sich Döllingers Argumentation an. Die päpstliche Unfehlbarkeit und der Jurisdiktionsprimat wurden dennoch auf die Tagesordnung gesetzt und nach dem Auszug der Minderheit als Dogmen verkündet. Döllinger beugte sich trotz wiederholter Aufforderungen dem Unfehlbarkeitsbeschluss nicht und wurde am 17. April 1871 durch ein öffentlich in allen Kirchen des Erzbistums München zu verlesendes Dekret exkommuniziert. Döllinger empfand diese Strafe als Unrecht und fühlte sich nach wie vor als Katholik. Aber er zog für sich die Konsequenz, die Strafe äußerlich zu respektieren und keinen priesterlichen Dienst zu tun. Er trat aber von seinen Ämtern nicht zurück und blieb Mitglied der katholisch-theologischen Fakultät in München. Sein wissenschaftlicher Eifer und seine wissenschaftliche Anerkennung blieben ungebrochen. Er arbeitete nun erst recht an der Erforschung kirchlicher Irrwege und an den Quellen des Lebens der alten Kirche. Die Universität München wählte ihn 1871 zu ihrem Rektor, 1873 wurde er zum Präsidenten der Königlichen Akademie der Wissenschaften in München berufen. An der Konstituierung des Katholischen Bistums der Alt-

Katholiken in Deutschland nahm er lebhaften Anteil und bekannte sich schriftlich und mündlich zur alt-katholischen Gemeinschaft. Er war Mitglied des 1871 entstandenen Münchener alt-katholischen Zentralkomitees, billigte ausdrücklich die Wahl eines eigenen Bischofs und die Abhaltung der ersten Synode. Allerdings war er mit einigen ihm zu radikal erscheinenden Reformen, vor allem mit der Abschaffung des Zwangszölibates für die Priester, nicht einverstanden. Im Auftrag der alt-katholischen Unionskommission, die ihn 1872 zu ihrem Vorsitzenden wählt, leitete er in den Räumen der Bonner Universität 1874 und 1875 die „Bonner Unionskonferenzen", bei denen er orthodoxe, anglikanische, evangelische und alt-katholische Theologen an einen Tisch brachte. Döllinger starb am 10. Januar 1890, von Johannes Friedrich seinem früheren Wunsch gemäß mit den Krankensakramenten versehen. Von ihm wurde er auch nach alt-katholischem Ritus auf dem Münchner Südfriedhof unter überwältigender Anteilnahme der Bevölkerung aus allen Ständen und Schichten beerdigt.

Grundlegende Entscheidungen

Im Folgenden wollen wir Stationen und grundlegende Entscheidungen auf dem Weg zur „Kirchwerdung" dokumentieren, um die Überlegungen und Gedanken sichtbar zu machen, die die Gründer der alt-katholischen Kirche geleitet haben.

Protest der katholischen Theologen

Bereits Mitte 1870 war Döllinger mit dem bedeutendsten Kirchenrechtslehrer Johann Friedrich von Schulte und dem Dogmatiker Kuhn zusammengekommen und hatte eine von Schulte entworfene Protesterklärung verbreitet, die von 71 Theologieprofessoren von acht deutschen Universitäten unterzeichnet war. Darin hieß es: *„… mit unerschütterlicher Treue festhaltend an unserer heiligen Kirche, deren von Christus dem Herrn gelegte Fundamente nach Zeiten und Theorien sich zu ändern nicht vermögen, festhaltend an dem Primate der Kirche, aber ebenso sehr an dem von Christus dem Herrn zur Leitung der Kirche gesetzten Episkopate, überzeugt von der Unfehlbarkeit der Kirche, wie solche das Evangelium verheißt und die Väter der Tradition der Gesamtkirche bisher annahmen als ruhend in der*

Gesamtheit, nicht in der Person eines einzigen für sich allein, und sei er auch der Erste in der Kirche, fest entschlossen, in Vereinigung zu bleiben mit dem an der Lehre Christi haltenden Episkopate, erklären die Unterzeichneten: dass sie dem von einer großen Zahl von Bischöfen, welche den Glauben von vielen Millionen Katholiken aus Ländern bekunden, deren Christentum zum Teile in die christliche Urzeit hinaufreicht, gegen das Beginnen, an die Stelle der Gesamtkirche als Organ der Unfehlbarkeit zu setzen den Papst, losgelöst von der autoritativen Mitwirkung des Episkopates, erhobenen feierlichen Protest als gläubige Katholiken sich feierlich anschließen..."

Münchener Universitätsprotest

Ende Juli 1870 veröffentlichten 44, d. h. fast alle katholischen Professoren der Universität München, eine Protesterklärung gegen das Konzil und seine Beschlüsse, der sich weitere 31 katholische Professoren von vier deutschen Universitäten anschlossen:

„In Erwägung der offenkundigen Tatsachen, dass man den zum sog. Vatikanischen Konzil von 1869-1870 einberufenen Bischöfen die Hauptgegenstände der künftigen Beratung verheimlicht und dadurch die notwendigste Vorbereitung unmöglich gemacht hat; dass – abgesehen von der, erheblichen Bedenken unterworfenen Zusammensetzung der Versammlung – durch die octroyierte Geschäftsordnung jede wirkliche und völlig freie Debatte in den Sitzungen verhindert wurde; dass viele Mitglieder des Konzils in unbedingter Abhängigkeit von der römischen Propaganda standen, und überdies, sowohl vom Papst als auch von dessen Behörden in Rom, ein empfindlicher moralischer Druck auf die Bischöfe ausgeübt wurde; dass endlich – was unsere Hauptbeschwerde bildet – gerade die wichtigsten Beschlüsse nicht mit der zur Definition eines Dogmas absolut erforderlichen moralischen Einstimmigkeit gefasst wurden, halten sich die Unterzeichneten in ihrem Gewissen für verpflichtet, freimütig zu erklären, dass sie die Vatikanische Versammlung nicht als freies, ökumenisches Konzil anzuerkennen vermögen und ihren Beschlüssen keine Gültigkeit beilegen können, insbesondere, dass sie den Satz von der persönlichen Unfehlbarkeit des Papstes als eine in der Heiligen Schrift nicht begründete, sowohl der Tradition des kirchlichen Altertums, als der Kirchengeschichte offen widersprechende neue Lehre verwerfen."

Der Protest von Königswinter
vom 14. August 1870

Erklärung
In Erwägung, dass die im Vatikan gehaltene Versammlung nicht mit voller Freiheit beraten und wichtige Beschlüsse nicht mit der erforderlichen Übereinstimmung gefasst hat, erklären die unterzeichneten Katholiken, dass sie die Dekrete über die absolute Gewalt des Papstes und dessen persönliche Unfehlbarkeit als Entscheidung eines ökumenischen Konzils nicht anerkennen, vielmehr dieselben als eine mit dem überlieferten Glauben der Kirche im Widerspruch stehende Neuerung verwerfen.

Die Erklärung wurde in der „Kölnischen Zeitung" vom 9. September 1870 mit 456 Unterschriften veröffentlicht, zu denen in späteren Nummern noch weitere 903 Unterschriften hinzukamen.

Noch verlief der ganze katholische Widerstand gegen das Papstdogma des vatikanischen Konzils im Rahmen einer Protestbewegung zahlreicher Bischöfe, der katholischen Theologie, Gelehrtenwelt und Intelligenz – da geschah das Unglaubliche: alle Bischöfe, die noch kurz zuvor so energisch die Wahrheit des Dogmas und der Ökumenizität des Konzils selbst bestritten hatten, erklärten nun auf einmal das Gegenteil davon und zwangen alle Katholiken zur Anerkennung des Dogmas. Am 30. August 1870 trat ein Teil des deutschen Episkopats zur Fuldaer Bischofskonferenz zusammen und erließ einen gemeinsamen Hirtenbrief, in welchem sie alle zur Unterwerfung unter das neue Papstdogma aufforderten und im Falle der Weigerung mit kirchlichen Strafen drohten. So beschworen die Bischöfe die alt-katholische Bewegung herauf, die sich schließlich zur Wahrung ihrer kirchlichen Rechte als alt-katholische Kirche konstituierte.

Bischof Hefele

Bischof Hefele von Rottenburg, über 30 Jahre lang Professor der Kirchengeschichte an der Universität Tübingen, Verfasser einer siebenbändigen Konzilsgeschichte, einer der ersten katholischen Theologen Deutschlands, der auf dem Vatikanischen Konzil zu den entschiedensten Gegnern der neuen Papstdogmen gehörte, forderte in einem Brief an das geistige Haupt der alt-katholischen Opposition Döllinger vom 10. August 1870 zur Bekämpfung des Konzils durch die katholische Theologie auf: „Was aber jetzt zu geschehen hat, ist:

1) dass möglichst viele deutsche, österreichische, ungarische Bischöfe die Unterwerfung verweigern, und

2) dass zugleich von den Gelehrten die Verbindlichkeit der Konzilsbeschlüsse beanstandet wird, sowohl wegen mangelnder Freiheit, als wegen mangelnder Unanimität (Einmütigkeit)". „Was ich zu tun habe", schrieb der Bischof weiter, „ist mir nicht unklar, und ich bin darin in Übereinstimmung mit Domkapitel und Fakultät." „Ich werde das neue Dogma ohne die von uns verlangten Limitationen (Einschränkungen) nie anerkennen und die Gültigkeit und Freiheit des Konzils leugnen."

Am 11. November 1870 schrieb Bischof Hefele an ein in Bonn gebildetes Oppositionskomitee von vier katholischen Universitätsprofessoren (Kampschulte, Bauerband, Ritter, Lörsch): „Ich kann mir in Rottenburg so wenig, als in Rom verhehlen, dass das neue Dogma einer wahren, wahrhaftigen, biblischen und traditionellen Begründung entbehrt, und die Kirche in unberechenbarer Weise beschädigt, so dass letztere nie einen herberen und tödlicheren Schlag erlitten hat, als am 18. Juli d. J. Aber mein Auge ist zu schwach, um in dieser Not einen Rettungsweg zu entdecken, nachdem fast der ganze deutsche Episkopat, sozusagen über Nacht seine Überzeugung geändert hat und zum Teil in sehr verfolgungssüchtigen Infallibilismus (Unfehlbarkeits-Anhängerschaft) übergegangen ist." „Ich werde das neue Dogma in meiner Diözese nicht verkünden, und faktisch wird in ihr nur von wenigen Geistlichen infallibilistisch (die päpstliche Unfehlbarkeit) gelehrt. Weitaus die meisten ignorieren das neue Dogma, und das Volk kümmert sich, ganz wenige ausgenommen, gar nicht um dasselbe."

Klar hat der Bischof hier die Lage in den ersten Monaten nach dem Vatikanum gekennzeichnet:

1) Das Vatikanische Konzil war nach den Grundsätzen der katholischen Theologie wegen mangelnder Freiheit und Einmütigkeit nicht als ein ökumenisches Konzil anzuerkennen.

2) Das Dogma von der päpstlichen Unfehlbarkeit ist kein katholisches Dogma, da es weder in der Bibel, noch der Tradition, noch der Kirchengeschichte als solches begründet ist.

3) Das geradezu Unglaubliche war geschehen: Alle 16 deutschen Bischöfe (noch außer ihm selbst), die bisher immer Gegner der päpstlichen Unfehlbarkeit gewesen waren, hatten sich den neuen Dogmen unterworfen, „über Nacht die Überzeugung geändert" und gingen jetzt sogar gegen ihre eigenen Anhänger, die überzeugungstreu blieben, mit kirchlichen Zensuren vor.

4) Wie in seiner Diözese waren in ganz Deutschland nur wenige Geistliche Bejaher der päpstlichen Unfehlbarkeit, unterwarfen sich dann aber doch stillschweigend, als ihnen Exkommunikation drohte. „Meine Altersgenossen und alle Freunde", klagte Bischof Hefele in einem weiteren Brief an Döllinger vom 11. März 1871, „sind fast sämtlich übergegangen, von den jüngeren Geistlichen gar nicht zu sprechen."

5) Das katholische Kirchenvolk zeigte sich größtenteils uninteressiert und ignorierte das Dogma. Und auch Bischof Hefele unterwarf sich schließlich, nachdem er Döllinger noch am 11. März 1871, acht Monate nach dem Vatikanum, geschrieben hatte: „Die Lage eines suspendierten und exkommunizierten Bischofs scheint mir eine schreckliche, die ich kaum ertragen könnte. Viel eher ... lege ich den Stab nieder, um dessentwillen ich selbst ein geschlagener und unglücklicher Mann bin." Doch den überzeugungstreuen Katholiken hatte er den Weg gewiesen, er, der gelehrteste der deutschen Bischöfe.

Nürnberger Theologenkonferenz

In Übereinstimmung mit Bischof Hefele und sogar noch anderen Bischöfen berief der „Erste unter den deutschen Theologen", Döllinger, für den 25. August 1870 exponierte Vertreter der katholisch-theologischen Wissenschaft zu einer Konferenz nach Nürnberg, zu der (trotz der durch den Krieg verursachten Schwierigkeiten) 13 Professoren von fünf deutschen Universitäten erschienen. Mit Stimmeneinhelligkeit wurde eine wesentlich von Döllinger entworfene Erklärung angenommen, welche die formale und materiale Ungültigkeit des neuen Papstdogmas nachwies und von insgesamt 32 katholisch-theologischen Professoren von sieben deutschen Universitäten unterzeichnet wurde.

Die Nürnberger Erklärung
vom 26. August 1870

Wir sind der Überzeugung, dass ein längeres Schweigen gegenüber der infolge der Majoritätsbeschlüsse der Vatikanischen Bischofsversammlung vom 18. Juli 1870, durch die Bulle „Pastor aeternus" kundgemachten päpstlichen Dekreten weder uns ziemt, noch zum Nutzen der Kirche gereichen kann. In dem dritten Kapitel dieser „Constitutio dogmatica prima de ecclesia Christi" wird als Glaubenssatz aufgestellt: der römische Bischof habe nicht bloß das Amt der Oberaufsicht und der höchsten Leitung über die Kirche, sondern sei Inhaber der ganzen Machtfülle und besitze über alle Kirchen und jede einzelne, über alle Kirchenvorsteher und jeden einzelnen und über jeden Christen die ordentliche und unmittelbare Gewalt. Im vierten Kapitel wird gelehrt: es sei von Gott geoffenbarter Glaubenssatz, dass der römische Bischof als Lehrer für die ganze Kirche („ex cathedra") in Gegenständen des Glaubens und der Sitten die der Kirche von Christus verheißene Unfehlbarkeit besitze, und dass deshalb derartige Entscheidungen irreformabel seien aus sich selbst, nicht aber auf Grund der Zustimmung der Kirche. Diese Sätze vermögen wir nicht als Aussprüche eines wahrhaft ökumenischen Konzils anzuerkennen; wir verwerfen sie als neue von der Kirche niemals anerkannte Lehren. Von den Gründen, deren streng wissenschaftliche Ausführung vorbehalten wird, machen wir folgende namhaft:
1. Eine Konstatierung der Lehre der Kirche über diese Punkte ist auf der Synode zufolge der Verheimlichung vor ihrer Eröffnung, sowie durch Verhinderung vollständiger Zeugnisabgabe und freier Meinungsäußerung mittels vorzeitigen Schlusses der Debatte nicht erfolgt. Damit ist die wesentliche Aufgabe eines ökumenischen Konzils bei Seite gesetzt worden.
2. Jene Freiheit von jeder Art moralischen Zwangs und jeder Beeinflussung durch höhere Gewalt, welche zum Wesen eines ökumenischen Konzils gehört, ist auf dieser Versammlung nicht vorhanden gewesen, unter anderem:
a) weil der Versammlung von dem Papste im Widerspruche mit der Praxis der früheren Konzilien eine die Freiheit hemmende Geschäftsordnung auferlegt, trotz Protestes einer großen Anzahl von Bischöfen

belassen, und nachher wiederum ohne Zustimmung der Versammlung modifiziert und gegen den abermaligen Protest aufrecht erhalten wurde;

b) weil in einer erst zu entscheidenden und den Papst persönlich betreffenden Lehre durch die mannigfaltigen dem Papste zu Gebote stehenden Mittel ein moralischer Druck auf die Mitglieder ausgeübt worden ist.

3. Wenn bisher stets in der Kirche als Regel gegolten, dass nur das immer, überall und von allen bekannte Glaubenssatz der Kirche sein könne, so ist man auf der Vatikanischen Versammlung von diesem Grundsatze abgewichen. Der bloße Bruchteil einer Bischofsversammlung hat gegen den beharrlichen und noch zuletzt schriftlich erneuerten Widerspruch einer durch ihre Zahl sowohl als durch die Dignität und den Umfang ihrer Kirchen überaus gewichtigen Minorität eine Lehre zum Dogma erhoben, von der es notorisch und evident ist, dass ihr von den drei Bedingungen keine, weder das Immer noch das Überall noch das von Allen zukomme. In diesem Vorgange liegt die tatsächliche Anwendung des völlig neuen Satzes, dass als göttlich geoffenbarte Lehre eine Meinung erklärt werden könne, deren Gegenteil bis dahin frei gelehrt und in vielen Diözesen geglaubt wurde.

4. Indem das dritte Kapitel gerade die ordentliche Regierungsgewalt in den einzelnen Kirchensprengeln, welche nach katholischer Lehre den Bischöfen zukommt, auf den Papst überträgt, wird die Natur und Wesenheit des Episkopates als göttlicher, in dem Apostolate gegebener Institution und als integrierenden Bestandteiles der Kirche alteriert, beziehungsweise völlig zerstört.

5. Durch die Erklärung, dass alle an die ganze Kirche gerichteten doktrinellen Aussprüche der Päpste unfehlbar seien, werden auch jene kirchenpolitischen Sätze und Aussprüche älterer und neuerer päpstlicher Erlasse für unfehlbare Glaubensnormen erklärt, welche die Unterwerfung der Staaten, Völker und Fürsten unter die Gewalt der Päpste auch in weltlichen Dingen lehren, welche über Duldung Andersgläubiger und Standesrechte des Klerus Grundsätze aufstellen, die der heutigen Gesellschaft widersprechen. Hiermit wird das friedliche Einvernehmen zwischen Kirche und Staat, zwischen Klerus und Laien, zwischen Katholiken und Andersgläubigen für die Zukunft ausgeschlossen. Angesichts der Verwirrung, welche durch diese neuen Lehren in der Kirche jetzt schon eingetreten ist und sich in der Zukunft voraussichtlich noch steigern wird, setzen wir in jene Bischöfe, welche diesen Lehren

entgegengetreten sind und durch ihre Haltung auf der Versammlung den Dank der katholischen Welt verdient haben, das Vertrauen und richten zugleich an sie die Bitte, dass sie in gerechter Würdigung der Not der Kirche und der Bedrängnis der Gewissen auf das baldige Zustandekommen eines wahren, freien und daher nicht in Italien, sondern diesseits der Alpen abzuhaltenden ökumenischen Konzils mit den ihnen zu Gebote stehenden Mitteln hinwirken mögen.

Diese im Wesentlichen von Stiftspropst Döllinger verfasste Erklärung wurde von den in Nürnberg versammelten elf Theologen und zwei Laien einstimmig angenommen.

Kirchengeschichtlicher Nachweis

In der Nürnberger Erklärung hatten die Theologieprofessoren angekündigt, dass sie die Gründe für die Ungültigkeit des neuen Papstdogmas in „streng wissenschaftlicher Ausführung" liefern würden. Im folgenden Vierteljahrhundert wurde diese Arbeit von 14 deutschen katholisch-theologischen Universitätsprofessoren ausgeführt. In über 120 selbstständigen, quellenmäßigen, umfassenden Geschichtswerken und wissenschaftlichen Monografien, die allein über 30.000 Druckseiten betrugen, und zahlreichen weiteren wissenschaftlichen Spezialabhandlungen in verschiedenen Zeitschriften bewiesen diese katholischen Theologen, die bis zu ihrem Tode alle der unveränderten katholischen Kirche, wie sie sich in dem alt-katholischen Bistum legitim fortsetzte, die Treue hielten, mit allem verfügbaren Quellenmaterial nach den katholischen Prinzipien die Ungültigkeit und Falschheit des römischen Papalsystems und die Richtigkeit der alt-katholischen Position, die dadurch eine unerschütterliche katholische Basis erhielt, die noch heute uneingeschränkt Gültigkeit besitzt. Daneben erschienen vonseiten der alt-katholischen Opposition noch zahlreiche populäre Publikationen zur Darstellung und Sicherstellung der alt-katholischen Kirchenauffassung. Ein im Jahre 1897 fertiggestelltes Verzeichnis der alt-katholischen Literatur umfasste (einschließlich der anderen Länder) etwa 20.000 Titel auf über 700 Druckseiten. Auch mehrere Zeitschriften stellten sich in den Dienst der alt-katholischen Sache. Das theologisch-wissenschaftliche Organ des Alt-Katholizismus wurde das „Theologische Literaturblatt, in Verbindung mit der katholisch-theologischen Fakultät zu Bonn und unter Mitwir-

kung vieler Gelehrten" seit 1866 von Professor Dr. Reusch herausgegeben, Ordinarius an der Katholisch-Theologischen Fakultät der
Bonner Universität und erster Generalvikar des alt-katholischen
Bistums (letzter Jahrgang 1877; Fortsetzung seit 1893 in der „Internationalen Theologischen (später Kirchlichen) Zeitschrift",
Bern). Das wichtigste kirchliche Blatt wurde der (seit Februar 1870
erscheinende) „Rheinische (seit 1872 Deutsche) Merkur", der eine
unerschöpfliche dokumentarische Quelle für die alt-katholische Bewegung ist.

Kirchenbann

Am 30. August 1870 war die Fuldaer Bischofskonferenz einberufen worden „zur Beratung hinsichtlich der erforderlichen und
geeigneten Schritte gegenüber der vielfach in Deutschland sich
kundgebenden Opposition gegen die Beschlüsse des Vatikanischen
Konzils". Von 24 Bischöfen waren jedoch nur neun erschienen. Es
wurde beschlossen, nun gegen die alt-katholische Opposition mit
Kirchenstrafen vorzugehen.

Insgesamt wurden in den nächsten Monaten 22 deutsche katholisch-theologische Professoren von sechs Universitäten durch ihre
Bischöfe exkommuniziert. Unter ihnen befanden sich die angesehensten Vertreter der katholischen Theologie fast aller Disziplinen,
an ihrer Spitze Döllinger. In einer 20seitigen Erklärung begründete
Döllinger nochmals eingehend seine ablehnende Haltung und bekundete: „Tausende im Klerus, Hunderttausende in der Laienwelt
denken wie ich" (28. März 1871).

Diese Erklärung Döllingers veränderte mit einem Schlage die Si-
tuation, denn die angedrohte Exkommunikation hatte einen großen Teil der Opposition zum Schweigen gebracht. Mit lautem Bei-
fall traten die denkenden Katholiken an vielen Orten an die Seite
des greisen „Vorkämpfers für die katholische Kirche und ihre Interessen" (Bischof Hefele) und Döllinger wurde zum geistigen Haupt
der nun kräftig um sich greifenden alt-katholischen Bewegung.

Am 3. April 1871 erließen abermals 43 katholische Professoren
der Universität München eine Protesterklärung, in welcher „die
unchristliche Tyrannei" der deutschen Bischöfe scharf getadelt
und zurückgewiesen wurde. Am 10. April richtete eine zahlreich

besuchte Versammlung im Münchner Museumssaale eine Adresse an den König, „mit allen gesetzlichen Mitteln die gefährlichen Folgen dieser Lehre abzuwehren, die Verbreitung derselben in den öffentlichen Bildungsanstalten zu verbieten". Die (wie auch alle vorhergehenden) durch die Presse veröffentlichte Adresse hatte 18.000 Unterschriften gefunden, darunter 8.000 aus München. Auf der Versammlung wurde gleichzeitig auch ein alt-katholisches Komitee in München gebildet, dem die Organisation der alt-katholischen Bewegung im ganzen südlichen Deutschland oblag und das auch die Verbindung zur Opposition in Österreich und der Schweiz aufnahm. Etwa gleichzeitig hatte sich auch ein alt-katholisches Komitee in Köln für den gesamten norddeutschen Raum gebildet. Beide Komitees hatten sich im „Deutschen Merkur" ein „Organ für die katholische Reformbewegung" geschaffen und leiteten gemeinsam als alt-katholisches Zentralkomitee die alt-katholische Bewegung.

Am 19. Mai 1871 erklärte das erzbischöfliche Ordinariat München alle 18.000 Unterzeichner der sogenannten Museumsadresse für exkommuniziert. Die Exkommunikation all der treu bleibenden Katholiken bedeutete, dass sie keine Sakramente mehr empfangen konnten und ihnen auch das kirchliche Begräbnis versagt wurde.

Angesichts dieser Lage hielt das alt-katholische Zentralkomitee unter Leitung Döllingers eine von 30 angesehenen katholischen Theologen und Laien besuchte Versammlung, die vom 28. bis 30. Mai 1871 in München tagte und sich in der sogenannten Münchener Pfingsterklärung energisch gegen die ungerechten Bannungen verwahrte, die als „ungültig und unverbindlich" erklärt wurden. Gleichzeitig wurde betont, „dass weder die Gläubigen ihr gutes Recht auf die Gnadenmittel Christi, noch die Priester ihre Befugnis, dieselben zu spenden, dadurch verlieren können, und die Unterzeichneten sind entschlossen, durch Zensuren, welche zur Förderung falscher Lehren verhängt worden sind, ihr Recht sich nicht verkümmern zu lassen". Ferner wurden die Prinzipien der Bewegung nochmals präzisiert: Festhalten am alten katholischen Glauben, Verwerfung der vatikanischen Dogmen als Neuerung, sowie Anbahnung der „längst ersehnten und unabweisbar gewordenen Reform der kirchlichen Zustände sowohl in der Verfassung als im Leben der Kirche". Die Versammlung beschloss, für September

1871 einen Katholiken-Kongress nach München einzuberufen, der den organisatorischen Zusammenschluss der glaubenstreuen Katholiken durchführen sollte.

Die Münchener Erklärung von Pfingsten 1871

Gegenüber den amtlichen Maßregeln und Kundgebungen der deutschen Bischöfe zugunsten der vatikanischen Dekrete erachten es die Unterzeichneten für notwendig, durch folgende Erklärung ihren Standpunkt zu wahren und so viel an ihnen liegt, der hereinbrechenden Verwirrung der Gewissen entgegenzutreten:

1. Treu der unverbrüchlichen und auch von Papst und Bischöfen nicht bestrittenen Pflicht jedes katholischen Christen am alten Glauben festzuhalten und jede Neuerung, würde sie auch von einem Engel des Herrn verkündet, abzuweisen, beharren wir in der Verwerfung der vatikanischen Dogmen. – Es ist bisher nicht Lehre der Kirche und nicht katholischer Glaube gewesen, dass jeder Christ an dem Papste einen unumschränkten Oberherrn und Gebieter habe, welchem er direkt und unmittelbar unterworfen ist, und dem er bei Strafe zeitlicher und ewiger Verdammnis in allem, was seinen religiösen Glauben sowie sein sittliches Tun und Lassen betrifft, unbedingt gehorchen muss – ihm oder seinen Sendboten und Bevollmächtigten. Desgleichen ist es bisher notorisch nicht Lehre der Kirche gewesen, dass einem Menschen, dem jedesmaligen Papste, in seinen an die Kirche gerichteten Aussprüchen über den Glauben, über die Pflichten und Rechte der Menschen die Gabe der Unfehlbarkeit verliehen sei. Diese Sätze sind vielmehr bis jetzt bloße, wenn auch von Rom sehr begünstigte und mit allen Herrschermitteln beschützte Schulmeinungen gewesen, welche die angesehensten Theologen, ohne sich einem Tadel auszusetzen, bekämpft und verworfen haben. Es ist bekannt – und wenn die deutschen Bischöfe es nicht wissen, so sollten sie es doch wissen –, dass dieselben Lehren ihren Ursprung der Fälschung, ihre Verbreitung dem Zwange verdanken. Durch diese Lehren, wie sie der Papst in seinen vatikanischen Dekreten verkündet hat, wird die Gesamtheit der Gläubigen ihrer wesentlichen Rechte beraubt, das Zeugnis dieser Gesamtheit entwertet, das Gewicht der kirchlichen Überlieferung entkräftet und der oberste Grundsatz des katholischen Glaubens zerstört, dass der Christ nur das anzunehmen verpflichtet sei, was jederzeit, überall und von allen gelehrt und geglaubt worden ist. Wenn gleichwohl der jüngste Hirtenbrief der deutschen Bischöfe behauptet, Petrus sei es, der durch den Mund des sich für unfehlbar erklärenden Papstes gesprochen habe, so müssen wir dieses Vorgeben als eine Blasphemie zurückweisen. Petrus spricht klar und allgemein fasslich zu uns durch seine in der Schrift verzeichneten Taten und Reden und durch seine auch an uns gerichteten Briefe. Aber diese Taten, Reden und Briefe des Apostels atmen einen völlig anderen Geist und enthalten eine andere Lehre als die, welche uns jetzt aufgezwungen werden soll. Wohl hat man es versucht, diese neuen Lehren, welche in ihrer nackten Derbheit und kaum zu berechnenden Tragweite jedes christliche Gefühl verletzen, abzuschwächen und dem Volke den Wahn beizubringen, als ob sie alt und stets geglaubt und ganz unverfänglich seien. Wie früher, so hat man auch wieder in dem jüngsten Hirtenbriefe sich Mühe gegeben, die Unfehlbarkeit, von der die Dekrete sprechen, als ein Vorrecht, welches dem ganzen aus Papst und Bischöfen gemeinschaftlich bestehenden Lehramte zukomme, erscheinen zu lassen. Dies widerspricht aber dem klaren Wortlaute der Dekrete: ihm zufolge ist nur der Papst und der aus sich selber unfehlbar. Nur er empfängt den Beistand des Hl. Geistes und ist in seinen Entscheidungen völlig unabhängig von dem Urteile der Bischöfe, deren Zustimmung zu jedem päpstlichen Ausspruche nun Sache der Pflicht geworden ist und nicht mehr verweigert werden kann. Wenn die deutschen Bischöfe aber behaupten, die „Fülle der Gewalt", welche gemäß den vatikanischen Dekreten dem Papste zukomme, dürfe nicht als eine unbeschränkte oder alles umfassende bezeichnet werden, weil der Papst in deren Ausübung an die göttliche Lehre, Ordnung und Satzung gebunden sei, so würde man mit dem gleichen Rechte sagen können, dass eine unumschränkte despotische Gewalt überhaupt, selbst bei den Mohammedanern, nicht existiere. Denn auch der türkische Sultan oder der Schah von Persien erkennt die Schranke des göttlichen Rechts und die Satzungen des Korans an. Durch die neuen Dekrete erhebt der Papst nicht nur den Anspruch, das ganze Gebiet der Moral zu beherrschen, er bestimmt auch allein und mit unfehlbarer Lehrautorität, was zu diesem Gebiete gehöre, was göttliches Recht sei, wie dasselbe auszulegen und in Einzelfällen anzuwenden sei. In der Ausübung dieser Gewalt ist der Papst an keine fremde Zustimmung gebunden, niemandem auf Erden verantwortlich, niemand darf ihm Einsprache tun; jeder, wer er auch sei, Fürst oder Taglöhner, Bischof oder Laie, ist im Gewissen verpflichtet, sich ihm unbedingt zu unterwerfen und jedes *seiner Gebote ohne Widerrede zu vollziehen. Wenn eine solche Gewalt nicht als eine unumschränkte und despotische bezeichnet werden soll, so hat es niemals und nirgends in der Welt eine unumschränkte und despotische Gewalt gegeben.*

2. Wir beharren in der festbegründeten Überzeugung, dass die vatikanischen Dekrete eine ernste Gefahr für Staat und Gesellschaft bilden, dass sie schlechthin unvereinbar sind mit den Gesetzen und Einrichtungen der gegenwärtigen Staaten und dass wir durch die Annahme derselben in einen unlösbaren Zwiespalt mit unseren politischen Pflichten und Eiden geraten würden. Vergeblich versuchen die Bischöfe die unleugbare Tatsache teils totzuschweigen, teils durch willkürliche Auslegung päpstlicher Bullen zu beseitigen, dass diese Bullen und Entscheidungen alle politischen Gewalten der Willkür des päpstlichen Stuhles unterwerfen und gerade jene Gesetze am entschiedensten verdammen, welche in der heutigen gesellschaftlichen Ordnung die unentbehrlichsten sind. Die Bischöfe wissen sehr wohl, dass sie infolge der vatikanischen Dekrete nicht das geringste Recht haben, päpstliche Erlasse, die neuesten oder früheren, durch künstlich ersonnene Auslegungen zu beschränken, und dass die entgegengesetzte Auslegung eines einzigen Jesuiten geradesoviel wiegt als die von hundert Bischöfen. Überdies stehen auch bereits den Deutungen deutscher Bischöfe die Auslegungen anderer Prälaten gegenüber, unter anderem des Erzbischofs Manning von Westminster, welcher der päpstlichen Unfehlbarkeit den denkbar weitesten Umfang zuerkennt. – Und so halten wir uns auch trotz der bischöflichen Rüge für wohlberechtigt, auch fernerhin die Unfehlbarkeit, welche dem Papste und ihm allein, ohne jede Teilnahme anderer, zukommen soll, eine persönliche zu nennen. Denn dieser Ausdruck ist hier vollkommen richtig und entspricht dem allgemeinen Sprachgebrauche, wie man denn die Gewalt, welche ein Monarch, unabhängig von den anderen Staatsbehörden, für sich besitzt und übt, eine persönliche zu nennen pflegt. Denn auch eine amtliche Prärogative heißt dann mit Recht eine persönliche, wenn sie so fest und unzertrennlich an die Person geknüpft ist, dass diese sich ihrer weder entäußern noch sie Andern übertragen kann. Wenn man, was die deutschen Bischöfe unterlassen, die Verdammung des Syllabus, welcher nun ein mit päpstlicher Unfehlbarkeit bekleidetes Dekret geworden ist, die feierliche Verdammung der österreichischen Verfassung durch den Papst, die gleichzeitigen Publikationen der Jesuiten in Laach, in Wien und in Rom – die bekanntlich besser als die deutschen Bischöfe über die Absichten der Kurie unterrichtet sind –, wenn man alles dieses mit den vatikanischen Dekreten zusammenhält, so muss man die Augen schließen, um den wohlüberlegten Plan päpstlicher Universalherrschaft nicht zu erkennen. Unsere Regierungen, Gesetze und Staatseinrichtungen, das gesamte Gebiet des Sittlichen, die Handlungen der einzelnen Menschen, alles soll künftig der Kurie und ihren Werkzeugen und teils wandernden, teils stabilen Emissären, seien es Bischöfe oder Jesuiten, untertan sein. Als alleiniger Gesetzgeber in Sachen des Glaubens, der Disziplin und der Sitte, als oberster Richter, als unverantwortlicher Gebieter und Vollstrecker seiner Sentenzen besitzt der Papst nach der neuen Lehre eine Gewaltfülle, wie selbst die ausschweifendste Phantasie sie nicht größer sich denken kann. Die deutschen Bischöfe aber würden wohl tun, das treffende Wort zu beherzigen, welches einst in ähnlicher Lage der Franziskaner Occam in München ausgesprochen hat: „Wenn der römische Bischof, sagt Occam, eine solche Fülle der Gewalt besäße, wie die Päpste sich verwerflicherweise anmaßen und wie viele irrig und schmeichlerisch ihnen zuzuerteilen unternehmen, so wären alle Sterblichen Sklaven, was der Freiheit des evangelischen Gesetzes offen zuwiderläuft."

3. Wir berufen uns auf das unfreiwillige Zeugnis, welches die deutschen Bischöfe selbst für die Gerechtigkeit unserer Sache ablegen. Wenn wir die neue Lehre, dass der Papst der universale Bischof und der absolute Gebieter jedes Christen im ganzen Umfange der Moral, also des gesamten sittlichen Tuns und Lassens sei, offen und direkt zurückweisen, so zeigen die Bischöfe durch die ungleichen und widersprechenden Deutungen in ihren Hirtenbriefen, dass sie die Neuheit und das Abstoßende dieser Lehre sehr gut erkennen und dass sie im Grunde sich derselben schämen. Keiner von ihnen kann sich dazu entschließen, dem Beispiel Mannings und der Jesuiten zu folgen und den vatikanischen Dekreten ihren einfachen und natürlichen Sinn zu lassen. Aber sie vergessen, dass solche Deutungs- und Abschwächungsversuche, wie sie in ihren Hirtenbriefen zur Anwendung gebracht werden, wenn man sie bei anderen Glaubensdekreten sich erlauben wollte, geradezu alle Festigkeit und Gleichmäßigkeit der Lehre erschüttern und eine allgemeine Unsicherheit und Ungewissheit des Glaubens zur Folge haben würden. Was würde wohl an den Glaubensentscheidungen der Kirche, den alten und den neuen, noch fest und zuverlässig bleiben, wenn man eine Behandlung, wie sie im jüngsten Hirtenbriefe der Bulle des achten Bonifatius widerfährt, auf sie alle anwenden, dem klaren Wortlaut,

der offenkundigen Absicht der Abfassung überall so ins Antlitz schlagen wollte, wie es hier geschieht? Wir beklagen einen solchen Gebrauch des bischöflichen Lehramtes. Wir beklagen noch tiefer, dass dieselben Bischöfe sich nicht gescheut haben, in einem Hirtenbriefe an das katholische Volk den Gewissensschrei ihrer Diözesen mit Schmähungen auf Vernunft und Wissenschaft zu beantworten. Wahrlich, wenn wir von Männern, die keine höhere Pflicht als blinden Gehorsam zu kennen scheinen, auf ihre ehrwürdigen Vorfahren im Episkopat, auf Bischöfe wie Cyprian, Athanasius, Augustin blicken, so haben wir ein größeres Recht als der hl. Bernhard zu dem Schmerzensruf: „Quis nobis dabit, videre ecclesiam sicut erat in diebus antiquis.“

4. Wir weisen die Drohungen der Bischöfe als unberechtigt, ihre Gewaltmaßregeln als ungültig und unverbindlich zurück. – Sonst pflegte man in der ganzen Kirche den Grundsatz hochzuhalten: „Sobald von einer Lehre der Zeitpunkt angegeben werden könne, in welchem sie zuerst aufgebracht worden, sei dies ein gewisses Zeichen ihrer Unrichtigkeit.“ Gerade dies ist bei der neuen Lehre von der päpstlichen Unfehlbarkeit der Fall. Man vermag den Zeitpunkt, in welchem diese Lehre zuerst hervorgewagt, die Personen, welche sie ersonnen, die Interessen, denen sie damit frönten, genau zu bestimmen. Wenn Päpste und Bischöfe in früheren Zeiten die Urheber und Anhänger einer unkatholischen Lehre aus der Kirchengemeinschaft ausschlossen, so war es vor allem der Hinweis auf die Neuheit der Lehre und auf ihren Widerspruch mit dem altüberlieferten Glauben, womit sie, wie mit einem Schilde, sich deckten. An dieser offenbaren und leicht zu konstatierenden Tatsache, dass die Lehre bisher nicht als göttlich geoffenbart gegolten habe, sollten die Betroffenen die Gerechtigkeit des kirchlichen Richterspruches und die Unhaltbarkeit der von ihnen vorgetragenen Lehre erkennen. Jetzt hat man zum ersten Male – der Fall ist in achtzehn Jahrhunderten nicht vorgekommen – Männer mit dem Kirchenbanne belegt, nicht weil sie eine neue Lehre behaupten und ausbreiten wollen, sondern weil sie den alten Glauben, wie sie selber ihn von ihren Eltern und Lehrern in Schule und Kirche empfangen haben, bewahren und das Gegenteil davon nicht annehmen, ihren Glauben nicht wie ein Kleid wechseln wollen. – Dass eine ungerechte Exkommunikation nicht den davon Betroffenen, sondern nur den Bannenden schädige, dass Gott vielmehr solchen unschuldig Misshandelten ihre Leiden zu einer Quelle des Segens werden lasse, ist die gemeinsame Lehre der Väter. Wir wissen aber auch, dass diese Bannungen ebenso ungültig

und unverbindlich als ungerecht sind, dass weder die Gläubigen auf ihr gutes Recht auf die Gnadenmittel Christi, noch die Priester ihre Befugnisse, dieselben zu spenden, dadurch verlieren können, und sind entschlossen, durch Zensuren, welche zur Förderung falscher Lehren verhängt worden sind, unser Recht uns nicht verkümmern zu lassen.

5. Wir leben der Hoffnung, dass der jetzt ausgebrochene Kampf unter höherer Leitung das Mittel sein wird, die längst ersehnte und unabweisbar gewordene Reform der kirchlichen Zustände, sowohl in der Verfassung als auch im Leben der Kirche, anzubahnen und zu verwirklichen. Der Blick auf die Zukunft erhebt und tröstet uns mitten in der Trübsal der gegenwärtigen Verwirrung. Wenn uns gegenwärtig allenthalben in der Kirche die überwuchernden Missbräuche begegnen, welche durch den Sieg der vatikanischen Dogmen gestärkt und unantastbar gemacht, ja schließlich bis zur Vernichtung alles christlichen Lebens gesteigert würden; wenn wir trauernd das Streben nach geistlähmender Zentralisation und mechanischer Uniformität wahrnehmen; wenn wir die wachsende Unfähigkeit der Hierarchie beobachten, welche die großartige geistige Arbeit der neuen Zeit nur mit dem Schellengeklingel altgewohnter Redensarten und ohnmächtiger Verwünschungen zu begleiten oder zu unterbrechen vermag, so ermutigt uns doch die Erinnerung an bessere Zeiten und die Zuversicht auf den göttlichen Lenker der Kirche. In solcher Rückschau und Vorschau zeigt sich uns ein Bild echt kirchlicher Regeneration, ein Zustand, in welchem die Kulturvölker katholischen Bekenntnisses, ohne Beeinträchtigung ihrer Gliedschaft an dem Leibe der allgemeinen Kirche, aber frei von dem Joche unberechtigter Herrschsucht, jedes sein Kirchenwesen, entsprechend seiner Eigenart und im Einklange mit seiner übrigen Kulturmission in einträchtiger Arbeit von Klerus und Laien gestaltet und ausbildet, und die gesamte katholische Welt sich der Führung eines Primats und Episkopats erfreut, der durch Wissenschaft und durch die tätige Teilnahme an einem gemeinsamen Leben sich die Einsicht und die Befähigung erworben hat, um der Kirche die ihrer einzig würdige Stelle an der Spitze der Weltkultur wieder zu verschaffen und auf die Dauer zu erhalten. Auf diesem Wege, und nicht durch die vatikanischen Dekrete, werden wir zugleich uns dem höchsten Ziele christlicher Entwicklung wieder nähern, der Vereinigung der jetzt getrennten christlichen Glaubensgenossenschaften, die von dem Stifter der Kirche gewollt und verheißen ist, die mit immer steigender Kraft der Sehnsucht von unzähligen Frommen, und nicht am wenigs-

ten in Deutschland, begehrt und herbeigerufen wird. Das gebe Gott!
München, im Juni 1871
(Rheinischer Merkur 1871, S. 238)

Diese, wesentlich von Döllinger entworfene Erklärung, wurde von einer in München vom 28. bis 30. Mai 1871 tagenden Versammlung angenommen und mit 31 Unterschriften in der „Augsburger Allgemeinen Zeitung", Nr. 164, veröffentlicht.

Alt-Katholiken-Kongress München 1871

Über 300 Personen versammelten sich vom 22. bis 24. September 1871 in München zum ersten Alt-Katholiken-Kongress. Den Vorsitz führte wie bei allen folgenden Kongressen bis 1890 Johann Friedrich von Schulte, Professor des katholischen Kirchenrechts. Unter den Delegierten befanden sich u. a. 29 katholische Professoren und 34 Juristen, vier Geistliche der holländischen (Utrechter) Kirche, ferner Katholiken aus Frankreich, Spanien, Brasilien und Irland. Ebenso waren Geistliche aus der griechischen und anglikanischen Kirche sowie aus Amerika anwesend; auch evangelische Gäste waren zugegen.

Der Kongress verabschiedete ein Programm: Um dem kirchlichen Notstand, der durch die Exkommunikation entstanden war, abzuhelfen, wurde beschlossen, „an allen Orten, wo sich das Bedürfnis einstellt und die Personen vorhanden sind, eine regelmäßige Seelsorge herzustellen. Daraufhin bildeten sich in zahlreichen Orten nun Alt-Katholiken-Vereine und Gemeinde, die von Geistlichen, die ebenfalls die Dogmen ablehnten, betreut wurden.

Programm des Katholikenkongresses
in München 22. bis 24. September 1871

I. Im Bewusstsein unserer religiösen Pflichten halten wir fest an dem alten katholischen Glauben, wie er in Schrift und Tradition bezeugt ist, sowie am alten katholischen Kultus. Wir betrachten uns deshalb als vollberechtigte Glieder der katholischen Kirche und lassen uns weder aus der Kirchengemeinschaft noch aus den durch diese Gemeinschaft uns erwachsenden kirchlichen und bürgerlichen Rechten verdrängen. Wir erklären die wegen unserer Glaubenstreue über uns verhängten kirchlichen Zensuren für gegenstandslos und willkürlich und wer-

den durch dieselben an der Betätigung der kirchlichen Gemeinschaft in unserem Gewissen nicht beirrt und nicht verhindert. Von dem Standpunkte des Glaubensbekenntnisses aus, wie es noch in dem sog. Tridentinischen Symbolum enthalten ist, verwerfen wir die unter dem Pontifikate Pius' IX. im Widerspruch mit der Lehre der Kirche und den vom Apostel-Konzil an befolgten Grundsätze zustande gebrachten Dogmen, insbesondere das Dogma von dem „unfehlbaren Lehramte" und von der „höchsten, ordentlichen und unmittelbaren Jurisdiktion" des Papstes.

II. Wir halten fest an der alten Verfassung der Kirche. Wir verwerfen jeden Versuch, die Bischöfe aus der unmittelbaren und selbstständigen Leitung der Einzelkirchen zu verdrängen. Wir verwerfen die in den vatikanischen Dekreten enthaltene Lehre, dass der Papst der einzige göttlich gesetzte Träger aller kirchlichen Autorität und Amtsgewalt sei, als im Widerspruche stehend mit dem Tridentinischen Kanon, wonach eine göttlich gestiftete Hierarchie von Bischöfen, Priestern und Diakonen besteht. Wir bekennen uns zu dem Primate des römischen Bischofs, wie er auf Grund der Schrift von den Vätern und Konzilien in der alten ungeteilten christlichen Kirche anerkannt war.

a) Wir erklären, dass nicht lediglich durch den Ausspruch des jeweiligen Papstes und die ausdrückliche oder stillschweigende Zustimmung der dem Papste zu unbedingtem Gehorsam eidlich verpflichteten Bischöfe, sondern nur im Einklange mit der Hl. Schrift und der alten kirchlichen Tradition, wie sie niedergelegt ist in den anerkannten Vätern und Konzilien, Glaubenssätze definiert werden können. Auch ein Konzil, welchem nicht wie dem vatikanischen wesentliche äußere Bedingungen der Ökumenizität mangelten, welches in allgemeiner Übereinstimmung seiner Mitglieder den Bruch mit der Grundlage und Vergangenheit der Kirche vollzöge, vermöchte durchaus keine die Glieder der Kirche innerlich verpflichtenden Dekrete zu erlassen.

b) Wir betonen, dass die Lehrentscheidungen eines Konzils im unmittelbaren Glaubensbewusstsein des katholischen Volkes und der theologischen Wissenschaft sich als übereinstimmend mit dem ursprünglichen und überlieferten Glauben der Kirche erweisen müssen. Wir wahren der katholischen Laienwelt und dem Klerus wie der wissenschaftlichen Theologie bei der Feststellung der Glaubensregeln das Recht des Zeugnisses und der Einsprache.

III. Wir erstreben unter Mitwirkung der theologischen und kanonistischen Wissenschaft eine Reform in der Kirche, welche im Geiste der alten Kirche die heutigen Gebrechen und Missbräuche heben und insbesondere die berechtigten Wünsche des katholischen Volks auf verfassungsmäßig geregelte Teilnahme an den kirchlichen Angelegenheiten erfüllen werde, wobei, unbeschadet der kirchlichen Einheit in der Lehre, die nationalen Anschauungen und Bedürfnisse Berücksichtigung finden können. Wir erklären, dass der Kirche von Utrecht der Vorwurf des Jansenismus grundlos gemacht wird und folglich zwischen ihr und uns kein dogmatischer Gegensatz besteht. Wir hoffen auf eine Wiedervereinigung mit der griechisch-orientalischen und russischen Kirche, deren Trennung ohne zwingende Ursachen erfolgte und in keinen unausgleichbaren dogmatischen Unterschieden begründet ist. Wir erwarten unter Voraussetzung der angestrebten Reformen und auf dem Wege der Wissenschaft und der fortschreitenden christlichen Kultur allmählich eine Verständigung mit den protestantischen und den bischöflichen Kirchen.

IV. Wir halten bei der Heranbildung des katholischen Klerus die Pflege der Wissenschaft für unentbehrlich. Wir betrachten die künstliche Abschließung des Klerus von der geistigen Kultur des Jahrhunderts (in Knabenseminarien und einseitig von Bischöfen geleiteten höheren Lehranstalten) bei dessen großen Einflusse auf die Volkskultur als gefährlich und höchst ungeeignet zur Erziehung und Heranbildung eines sittlich frommen, wissenschaftlich erleuchteten und patriotisch gesinnten Klerus. Wir verlangen für den sog. niederen Klerus eine würdige und gegen jegliche hierarchische Willkür geschützte Stellung. Wir verwerfen die durch das französische Recht eingeführte und neuestens allgemeiner angestrebte willkürliche Versetzbarkeit (amovibilitas ad nutum) der Seelsorgsgeistlichen.

V. Wir halten zu den die bürgerliche Freiheit und humanitäre Kultur verbürgenden Verfassungen unserer Länder, verwerfen darum aus staatsbürgerlichen und kulturhistorischen Gründen das den Staat bedrohende Dogma von der päpstlichen Machtfülle und erklären, unsern Regierungen im Kampfe gegen den im Syllabus dogmatisierten Ultramontanismus treu und fest zur Seite zu stehen.

VI. Da offenkundig durch die sog. „Gesellschaft Jesu" die gegenwärtige unheilvolle Zerrüttung in der katholischen Kirche verschuldet worden ist, da dieser Orden seine Machtstellung missbraucht, um in Hierarchie, Klerus und Volk kulturfeindliche, staatsgefährliche und antinationale Tendenzen zu verbreiten und zu nähren, da er eine falsche und korrumpierende Moral lehrt und geltend macht, so sprechen wir die

Überzeugung aus, dass Friede und Gedeihen, Eintracht in der Kirche und richtiges Verhältnis zwischen ihr und der bürgerlichen Gesellschaft erst dann möglich ist, wenn der gemeinschädlichen Wirksamkeit dieses Ordens ein Ende gemacht sein wird.

VII. Als Glieder der katholischen noch nicht durch die vatikanischen Dekrete alterierten Kirche, welcher die Staaten politische Anerkennung und öffentlichen Schutz garantiert haben, halten wir auch unsere Ansprüche auf alle realen Güter und Besitztitel der Kirche aufrecht.

Zweiter internationaler Alt-Katholiken-Kongress Köln 1872

Vom 20. bis 22. September 1872 fand in Köln der zweite Alt-Katholiken-Kongress statt, der von dem alt-katholischen Zentralkomitee in Köln in Übereinkunft mit dem Münchener Zentralkomitee einberufen worden war. An dem Kongress nahmen 350 alt- katholische Delegierte aus allen Teilen Deutschlands und elf alt-katholische Vertreter aus dem Ausland teil. Der höchste Würdenträger war der katholische Erzbischof von Utrecht und Metropolit der niederländischen Kirchenprovinz, Henricus Loos, der von vier holländischen Priestern begleitet war. Unter den alt-katholischen Delegierten befanden sich 22 katholische Professoren, davon zehn Theologieprofessoren, an der Spitze Döllinger.

Auch andere romunabhängige katholische Kirchen waren diesmal stark vertreten: die Anglikanisch-Katholische Kirche durch drei Bischöfe und 22 Priester, unter ihnen vier Theologieprofessoren; die Russisch-orthodoxe Kirche durch den Rektor der Geistlichen Akademie in St. Petersburg, Oberpriester Janyschew, zwei weitere Priester und den russischen General Kiréjew, Ehrenmitglied der Geistlichen Akademie in Moskau. Ferner waren 22 evangelische Geistliche als Gäste anwesend.

In einer lateinischen Grußadresse überbrachte der Lordbischof von Lincoln, Wordsworth, die Glück- und Segenswünsche der „Anglikanischen Kirche und aller mit ihr in Gemeinschaft stehenden und über den ganzen Erdkreis verbreiteten Kirchen", „vere veteres erant Catholici", deren Mitglieder von jeher „wahre Alt-Katholiken waren". Und der anglikanische Bischof von Maryland, Wittingham, übergab eine Solidaritätserklärung der amerikanischen Bischofskonferenz. Hier wurde der Grundstein gelegt für die volle Union beider Kirchen, die aufgrund des gemeinsamen alten katholischen

Glaubens 1931 offiziell abgeschlossen wurde. Auch der Rektor der Petersburger Geistlichen Akademie sprach seine große Genugtuung über die alt-katholische Haltung aus: „Ich fühle mich gedrungen, der Versammlung meine herzliche Freude und meinen Dank dafür auszusprechen, dass man erklärt hat, auf die sieben ersten Konzilien zurückgehen zu wollen, in welchen der Standpunkt der ungeteilten katholischen Kirche, welchen die russische und die ganze orientalische Kirche teilt, seinen Ausdruck gefunden hat." Die durch die vatikanischen Papstdogmen in die Isolierung gedrängten Alt-Katholiken waren somit nicht nur in die kirchliche Gemeinschaft des alten katholischen Metropolitanstuhles von Utrecht aufgenommen worden, sondern hatten auch die Unterstützung der in aller Welt verbreiteten Kirchen des Anglikanismus und der Orthodoxie erhalten, die wie sie am alten katholischen Glauben seit Jahrhunderten festgehalten hatten. Der Kongress beschloss daher, eine Kommission für die Wiedervereinigung der Kirchen einzusetzen und wählte zehn katholisch-theologische Universitätsprofessoren zu deren Mitgliedern, die ihrerseits Döllinger zum Vorsitzenden wählten. In ihrem Auftrag berief dann Döllinger 1874 und 1875 die berühmten Bonner Unionskonferenzen ein, an denen sich neben den führenden alt-katholischen Theologen über 20 orthodoxe und über 60 anglikanische Bischöfe und Theologen beteiligten und weitgehende Übereinstimmung erzielten.

Der wichtigste Verhandlungsgegenstand des Kongresses war nun die Schaffung eines eigenen katholischen Bistums, die sich als nötig erwies. Es wurde einstimmig eine sogenannte „Bischofs-Kommission" gewählt, die als Zentralorgan für Deutschland sämtliche organisatorischen Vollmachten erhielt, bis eine regelmäßige bischöfliche Jurisdiktion errichtet war. Insbesondere oblag der Bischofs-Kommission die Vorbereitung der Bischofswahl, Bischofsweihe, der staatlichen Anerkennung als katholischer Bischof und der Ausarbeitung einer Kirchenverfassung.

Apostolische Sukzession von der Utrechter Kirche

Gemäß eines Beschlusses des ersten Kongresses, der für den vorliegenden „Notstand" die Berechtigung aussprach, „zur Vornahme bischöflicher Funktionen fremde Bischöfe anzugehen", wurde die kirchliche Gemeinschaft mit der alten katholischen Kirche von

Holland hergestellt, die bereits 1725 insgesamt mit ihrer rechtmäßigen Hierarchie von Rom exkommuniziert worden war. Von Anfang an hatte sich die Utrechter Kirche mit der alt-katholischen Bewegung solidarisch erklärt, und der Münchener Kongress bekundete ihre katholische Rechtgläubigkeit. Im Juli 1872 unternahm der katholische Erzbischof von Utrecht und kanonische Nachfolger des heiligen Willibrord, Henricus Loos, auf Einladung des Münchener Zentralkomitees seine berühmt gewordene „apostolische Reise" durch Deutschland, die zu einer wahren Triumphfahrt wurde. Nach der Unterwerfung aller deutschen Bischöfe konnte der „Deutsche Merkur" in seiner Ausgabe vom 13. Juli 1872 verkünden: „Wir päpstlich „Exkommunizierten" haben kirchliche Gemeinschaft mit katholischen Bischöfen". Am 7. Juli zelebrierte der Erzbischof von Utrecht in München für die Alt-Katholiken ein Pontifikalamt und spendete das Sakrament der Firmung, wie anschließend in weiteren sechs Gemeinden. Am gleichen Tag fand eine Begegnung mit Döllinger statt, der mit dem Erzbischof nochmals am 10. Juli zusammentraf.

Mit der kanonischen Sanktion des Erzbischofs von Utrecht wurde am 4. Juni 1873 der katholische Theologieprofessor der Universität Breslau, Dr. theol. et phil. Joseph Hubert Reinkens, von einer gesamtdeutschen alt-katholischen Delegiertenversammlung in Köln zum Bischof der Alt-Katholiken Deutschlands gewählt und am 11. August 1873 in Rotterdam (da kurz zuvor der Erzbischof von Utrecht, der ursprünglich weihen wollte, gestorben war) vom katholischen Bischof von Deventer, Hermann Heykamp, feierlich nach dem Pontificale Romanum zum Bischof konsekriert. So erhielten die alt-katholischen Kirchen vom katholischen Utrechter Metropolitanstuhl sowohl ihre kanonische Sanktion als auch ihre Apostolische Sukzession.

Der erste Bischof

Joseph Hubert Reinkens wurde am 1. März 1821 in Burtscheid bei Aachen geboren und starb am 4. Januar 1896 in Bonn als erster Bischof der alt-katholischen Kirche in Deutschland. Ihm war sowohl eine umfassende humanistische und theologische Bildung zu eigen als auch eine tiefe Frömmigkeit, die ihn den Weg der Wahrheit, des freien Gewissens und einer aufrichtigen Nächsten-

Joseph Hubert Reinkens

liebe gehen ließ. Reinkens stammte aus einer kinderreichen, nicht begüterten Familie. Nach dem frühen Tod der Mutter (1836) und der Arbeitsunfähigkeit des Vaters musste er als Arbeiter zum Familienunterhalt beitragen. Erst mit 19 Jahren konnte er in die Quarta des Gymnasiums in Aachen eintreten. Infolge seiner Begabung und seines Fleißes übersprang er zwei Klassen und bestand mit Auszeichnung als 23jähriger die Reifeprüfung. Nach vierjährigem Studium der Theologie und klassischen Philologie in Bonn ging er in das Priesterseminar in Köln und wurde am 3. September 1848 zum Priester geweiht. Nach seiner Weihe widmete er sich dem Studium der Kirchengeschichte und promovierte an der Universität in München zum Dr. theol. über Klemens von Alexandrien als Theologen. Ab 1850 war er zuerst Dozent und später Professor der Kirchengeschichte in Breslau. Gleichzeitig hatte er das Amt des stellvertretenden Dompredigers inne. Seine Predigten waren dem Inhalt nach biblisch ausgerichtet und sprachlich gewandt, sodass sich stets eine große Zuhörerschaft einfand, darunter auch evangelische Christen. In dem schon vor 1870 einsetzenden Ringen um die Unfehlbarkeit und die universale Jurisdiktionsgewalt des Papstes stand Reinkens in erster Linie mit den weitschauenden Theologen und Laien seiner Zeit, die eine solche Entwicklung der Kirche als im Gegensatz zur alten Kirche, zur apostolischen Tradition und zur Heiligen Schrift anerkannten und sie aufgrund der Wahrhaftigkeit und ihres christlichen Gewissens bekämpften. Nachdem die Mehrheit der Bischöfe auf dem I. Vatikanischen Konzil den neuen Dogmen zugestimmt und die Minderheit, die zunächst Widerstand geleistet hatte, sich trotz besseren Wissens dem Machtanspruch des Papstes und der römischen Kurie unterwarf, war es Reinkens, der mit Döllinger, Friedrich, Michelis, Langen, Reusch, Knoodt, von Schulte und anderen unentwegt für die alt-katholische Reformbewegung kämpfte und trotz Exkommunikation, Verlust seiner Professur und vieler anderer Anfechtungen der Stimme seines Gewissens treu blieb. So trug er wesentlich zur Gestaltung der nunmehr sich bildenden altkatholischen Kirche bei. Mit Recht sagte Reinkens in seiner großen Rede im Gürzenichsaal in Köln am 20. März 1872: „Unsere Reformbewegung ist der Kampf des Gewissens gegen den Zwang in Sachen Religion", und am Schluss derselben: „Der (Christus), den wir hören sollen als den Lehrer der Wahrheit, ist der Gott unseres Gewissens. Wahrheit strömt wie Licht aus seinem Munde, das Gesetz der Liebe schreibt er auf die Tafel unseres Herzens." Am 4. Juni 1873 wurde Reinkens in der Kölner St. Pantaleons-Kirche mit 69 von 77 Stimmen zum ersten Bischof der alt-katholischen Kirche in Deutschland gewählt. Nur widerstrebend nahm er die Wahl an. Bezeichnend für seine Auffassung des bischöflichen Amtes war seine Forderung, dass das Gelöbnis, das ihm zu leisten sei, nicht auf Gehorsam laute, sondern im altchristlichen Geist auf Liebe und Verehrung. Seine Bischofsweihe erfolgte am 11. August 1873 in der Laurentiuskirche zu Rotterdam durch Bischof Hermann Heykamp (Deventer) von der alt-katholischen Kirche der Niederlande. In seiner fast 25jährigen Tätigkeit als erster Bischof der alt-katholischen Kirche Deutschlands hat Reinkens eine immense Aufbauarbeit geleistet. Die vierzehn Synoden, die in Bonn stattfanden, hat er alle persönlich geleitet. Alle Reformen wurden nach gründlicher Prüfung auf synodalem Weg geschaffen. Im ökumenischen Einsatz stand er Döllinger zur Seite.

„Je schwerer die Bedrängnis war, desto größer wurde sein Mut", sagte sein Freund, Bischof Eduard Herzog, anlässlich seiner Beerdigung. Auf seinem Grabdenkmal im alten Bonner Friedhof stehen zwei Sätze aus der Heiligen Schrift, die sein Leben maßgebend bestimmt haben: „Einer ist euer Meister, Christus, ihr alle aber seid Brüder" (Mt 23, 9) und „Alles, was nicht aus Überzeugung getan wird, ist Sünde" (Röm 14, 23). In einem Hirtenbrief aus Anlass seines 70. Geburtstages schrieb er am 5. März 1891: „Der wahre Christ erfährt bald, dass die von dem Herrn geoffenbarte Wahrheit frei macht, und auch dass diese Freiheit in der Übung sich steigert bis zu einem Adel der Gesinnung, die eine wahrhaft königliche Unabhängigkeit bekundet. Wachsen wir zu Ihm empor, indem Wahrheit und Liebe unser ganzes Leben beherrscht".

Dritter internationaler Alt-Katholiken-Kongress Konstanz 1873

Auf dem dritten Alt-Katholiken-Kongress, der 1873 in Konstanz stattfand, wurde die alt-katholische Kirchenverfassung, die sogenannte Synodal- und Gemeinde-Ordnung, angenommen. Sie basiert auf der altkirchlichen Ordnung und bildet die verfassungsrechtliche Grundlage der alt-katholischen Kirche.

Nach den auf den drei ersten Alt-Katholiken-Kongressen, die in einem internationalen Rahmen stattgefunden hatten, gutgeheißenen kirchlichen Grundsätzen schritten die Alt-Katholiken nun aus der Notlage heraus zur Konstituierung eigener autonomer katholischer Landeskirchen. Die erste so konstituierte Landeskirche war die alt-katholische Kirche in Deutschland oder, wie man damals sagte, die „alt-katholische Gemeinschaft", das „Katholische Bistum der Alt-Katholiken in Deutschland", um zu betonen, dass man trotz notgedrungener eigener Kirchenorganisation weiterhin volles Mitglied der bisherigen Katholischen Kirche bleibe, was auch von den Staatsregierungen anerkannt wurde. Die erste alt-katholische Synode fand 1874 in Bonn statt und bekam durch ihre wegweisenden Reformbeschlüsse auch für die anderen alt-katholischen Kirchen grundlegende Bedeutung. Nach Deutschland konstituierten sich in der Schweiz die Alt-Katholiken als „Christkatholische Kirche", und auch in Österreich und später anderen Ländern wurden alt-katholische Kirchen gebildet.

Erste alt-katholische Synode Bonn 1874

Vom 27. bis 29. Mai 1874 trat in Bonn die erste Synode der Alt-Katholiken nach dem Vatikanischen Konzil von 1870 zusammen, das durch die Verkündigung neuer Papstdogmen Zehntausende von Katholiken in eine kirchliche Notlage gebracht hatte, indem diese wegen ihres Festhaltens am alten katholischen Glauben exkommuniziert worden waren. In ihrer kirchlichen Not hatten sie sich zu örtlichen und regionalen alt-katholischen Gemeinschaften zusammengeschlossen und schritten nun, fast vier Jahre nach dem Vatikanischen Konzil, als keine Hoffnung mehr geblieben war, zur formellen Konstituierung eines autonomen katholischen Bistums in Deutschland, das die Kontinuität der alten, vorvatikanischen Katholischen Kirche wahren, beziehungsweise ihre Integrität wieder herstellen sollte. 98 alt-katholische Gemeinden Deutschlands, die rund 40.000 Katholiken zu ihren Mitgliedern zählten, hatten 30 katholische Geistliche und 59 Laien, die zu den hervorragendsten Vertretern der katholischen Theologie und Intelligenz Deutschlands gehörten, zur konstituierenden Versammlung nach Bonn geschickt. Unter ihnen befanden sich 13 katholisch-theologische Universitätsprofessoren, 16 Juristen und 17 meist höhere Staatsbeamte. Den

Vorsitz führte der Professor der katholisch-theologischen Fakultät der Universität Breslau, Joseph Hubert Reinkens, der durch Wahl und Weihe zum ersten Katholischen Bischof der Alt-Katholiken in Deutschland konsekriert worden war.

Am 27. Mai 1874 fand die kirchliche Eröffnung der Synode durch eine von Bischof Reinkens in der Bonner Schlosskapelle zelebrierte heilige Messe statt. In seiner Ansprache umriss der Bischof die Aufgaben der Synode. Er charakterisierte die Kirche als „die Versammlung derer, die berufen sind von dem Geiste Gottes". „Die Kirche ist aber nicht bloß die Versammlung der Berufenen, die in der Gegenwart leben, sondern die Versammlung aller Berufenen von dem Tage des ersten Pfingstfestes an durch alle Zeiten. Das Gesamtbewusstsein der Kirche Gottes offenbart sich nicht in einem einzigen Zeitmoment; seine Kraft ruht in dem Zusammenhange mit dem Bewusstsein der vergangenen Zeiten bis zu dem Einen hinauf." „Unsere Synode hat sich in diese Gemeinschaft mit der Versammlung der Berufenen aller Zeiten hineinzuleben und das zu bezeugen, was immer und überall und von allen geglaubt worden ist; denn für dieses haben wir die Bürgschaft, dass es ausgegangen ist aus dem Munde Gottes." „Unsere Synode geht nun von der Anschauung aus, dass der Hl. Geist in der Kirche allen gegeben sei, wenn auch in sehr verschiedener Weise. Solche Lehre hat sich in der Christenheit stets erhalten." „Wir wissen nun auch ferner, dass die Entwicklung innerhalb der christlichen Kirche nicht mit bestimmten Momenten abgeschlossen ist, sondern dass vielmehr der Hl. Geist durch alle Generationen in gleicher Kraft fortwirkt." „Wenn daher im Laufe der Zeiten Missbräuche sich eingewurzelt, Menschensatzungen das Göttliche in der Kirche verdunkelt und entstellt haben, dann ist für die Wiederherstellung der ursprünglichen Reinheit und Schönheit des Reiches Gottes nicht die Gewohnheit die Norm, sondern die Wahrheit; dann tut es Not, mit kühnem Mute, vertrauend auf den in der Gesamtheit bleibenden Hl. Geist, die Erneuerung in der Wahrheit anzustreben."

In der anschließenden ersten Sitzung nahm die Synode einstimmig die nach altkirchlichen Grundsätzen entworfene Kirchenverfassung an, die sogenannte Synodal- und Gemeindeordnung, die schon 1873 vom dritten Alt-Katholiken-Kongress in Konstanz gebilligt worden war. Durch die Ratifizierung dieses Grundgesetzes der deutschen Alt-Katholiken war auch die förmliche Konstituierung des von Rom unabhängigen Katholischen Bistums in Deutschland vollzogen, an dessen Spitze ein legitimer katholischer Bischof stand, der vom Deutschen Kaiser und den Staatsregierungen von Preußen, Baden und Hessen als solcher offiziell anerkannt war und sich in voller kirchlicher Gemeinschaft mit dem alten katholischen Metropolitanstuhl von Utrecht befand. Ein schmerzens- und dornenreicher Weg von vier Jahren hatte so einen gewissen Abschluss gefunden.

Knapp einen Monat später wurde am 15. Juni 1874 das Badische Alt-Katholiken-Gesetz verabschiedet, das die Alt-Katholiken staatskirchenrechtlich als volle Mitglieder der katholischen Kirche anerkennt, und am 4. Juli 1875 wurde auch das Preußische Alt-Katholiken-Gesetz erlassen, das von den gleichen Voraussetzungen ausgeht und den Alt-Katholiken in über 60 Prozent des damaligen Reichsgebietes, das zu Preußen gehörte, den staatlichen Rechtsschutz gewährte. Die Staatsregierungen von Württemberg (20. April 1871), von Bayern (27. August 1871) und von Hessen (23. Dezember 1873) hatten bereits früher durch entsprechende Erlasse die Alt-Katholiken als vollberechtigte Mitglieder der staatlich anerkannten Katholischen Kirche erklärt und ihnen gleichfalls den staatlichen Rechtsschutz zugesichert.

Grundlage der alt-katholischen Kirchenverfassung ist das altkirchliche Synodalprinzip, nach welchem Bischof, Priester und Laien gemeinsam die Dinge des kirchlichen Lebens regeln, und Bischof und Geistliche in allgemeiner Wahl für ihr Amt bestellt werden und immer der Gesamtheit verantwortlich bleiben – ein Prinzip, dem im weltlichen Bereich die demokratische Staatsform entspricht, und das im Wesentlichen auch in der Orthodoxen Kirche bis heute beibehalten wurde.

Nach der Verabschiedung des alt-katholischen Grundgesetzes wandte sich die erste alt-katholische Synode ihrer zweiten wichtigen Aufgabe zu, einer kirchlichen Reform auf dem Gebiete der Liturgie und des Kirchenrechts nach den Grundsätzen der Alten Kirche, die in verschiedener Hinsicht besonders vordringlich war.

Sie erließ acht „Thesen über Reformen im allgemeinen", die die Grundlage aller alt-katholischen Reformen bilden. In These 1 wird erklärt, dass „die Durchführung der entsprechenden Reformen auf dem Gebiete der Disziplin und des Kultus den verfassungsmäßigen Organen der Kirche vorbehalten bleibt". Dieses seien die Synoden, teils allgemeine, teils Partikularsynoden, „denen es zusteht, zur Anbahnung oder Durchführung von Reformen die bestehenden kirchlichen Gesetze aufzuheben oder abzuändern und neue Gesetze zu erlassen". „Die gegenwärtige Synode darf sich für berechtigt halten, solche Anordnungen zu beschließen, wie sie nach dem alten kirchlichen Rechte jede Partikularsynode zu erlassen befugt war." (These 2) „In der regelmäßigen Abhaltung jährlicher Synoden ist das beste Mittel geboten, einerseits allen auf Reformen bezüglichen Wünschen und Anträgen eine sorgfältige Prüfung und sachgemäße Erledigung zu sichern, andererseits ein voreiliges und eigenmächtiges Reformieren von Seiten einzelner Geistlichen und Gemeinden zu hindern." (These 6)

In These 8 hob die Synode hervor, „dass eine Reihe von heilsamen Reformen ohne irgendwelche Änderung der bestehenden kirchlichen Gesetze ausgeführt werden kann. Dahin gehören:

die Beseitigung der Messstipendien, Stolgebühren usw.

die gleiche Behandlung von Arm und Reich bei kirchlichen Funktionen, Trauungen, Beerdigungen usw.

die Vermeidung der Missbräuche und Auswüchse des Ablasswesens, der Heiligenverehrung, der Skapuliere u. dgl.

die Durchführung der echt christlichen und alt-katholischen Grundsätze bei der Verwaltung des Predigtamtes und bei dem katechetischen Unterrichte, insbesondere die Vermeidung aller theologischen Spitzfindigkeiten, konfessionellen Bitterkeiten, kirchlich-politischen Deklamationen usw.

die Verwaltung des Bußsakramentes im echt christlichen Geiste;

die Einrichtung des öffentlichen Gottesdienstes in einer den religiösen Bedürfnissen der Gemeinde entsprechenden Weise;

die Ordnung der Gemeinde-Angelegenheiten durch einträchtiges Zusammenwirken der Geistlichen und der von den Gemeinden gewählten Kirchenvorstände."

Auf der zweiten Sitzung, die wie alle fünf Sitzungen der Synode in einem Auditorium der Bonner Universität gehalten wurde, nahm die Synode nach eingehender Beratung dreizehn „Thesen über die sog. Ohrenbeichte" an, die vom Ordinarius der katholisch-theologischen Fakultät der Universität Bonn und damaligem Rektor, Professor Dr. Reusch, der gleichzeitig auch der Generalvikar der deutschen Alt-Katholiken war, entworfen wurde, und welche bis heute unverändert geltendes Recht in der alt-katholischen Kirche sind.

In der 1. These betont die Synode: „Das Bußsakrament ist ein Heilsmittel von der größten sittlichen Bedeutung, welches seinem Wesen nach von Anfang an in der Kirche in Übung gewesen ist und dessen richtige Durchbildung eine Hauptsorge der Kirche sein muss." Eine tief greifende Reform brachte die Aufhebung des Beichtzwanges, d. h. des römischen Kirchengebotes, dass jeder Mündige alljährlich einmal, bei Strafe des kleinen Kirchenbannes, beichten muss, welches von Papst Innozenz III. auf dem 4. Lateran-Konzil vom Jahre 1213 erlassen wurde. Die Synode erklärte (These 5): „Das sog. Gebot der Kirche, wenigstens einmal im Jahre zu beichten, ist für diejenigen nicht verbindlich, für welche eine innere Notwendigkeit des Empfanges des Bußsakramentes nicht vorliegt. Die Kontrollierung der jährlichen Beichte und Kommunion und die Verhängung von Kirchlichen Zensuren wegen Unterlassung derselben darf nicht stattfinden. Dabei hebt aber die Synode hervor, dass es als eine heilige Pflicht anzusehen sei, recht oft zum Tische des Herrn zu gehen, namentlich der alten Sitte entsprechend in der österlichen Zeit." „Eine religiöse Verpflichtung zur speziellen Beichte besteht nur bezüglich solcher Versündigungen, durch welche jemand sich bewusst ist, die göttliche Gnade verloren zu haben." (These 7)

Auf der dritten Sitzung am 28. Mai morgens nahm die Synode nach eingehender Beratung sieben „Thesen über Fasten und Abstinenz" an, die von Professor Dr. Langen, der gleichfalls wie Reusch Ordinarius der katholisch-theologischen Fakultät der Universität Bonn war, entworfen wurden. Auch diese Erklärungen sind eingreifend, weil sie das formale, auf keinem allgemeinen Kirchengebot ruhende Enthalten beseitigen und dieses lediglich auf seinen inneren Wert zurückführen.

Hinsichtlich der Einsegnung der Ehe stellte sich die Synode auf den durch die Geschichte als richtig erwiesenen und aus der Aufgabe der Kirche sich ergebenden Standpunkt: die Ehe berührt nach ihrer ethischen und religiösen Seite die Kirche, ihre gesetzliche Ordnung fällt dem Staate anheim, weil sie die Grundlage der Gesellschaft ist; beide Gewalten sollen daher sich wechselseitig unterstützen; die Kirche darf und soll den Segen jeder Ehe geben, die vor dem Standesbeamten rechtskräftig geschlossen ist und der kein religiöses Hindernis entgegensteht. Das bedeutete die Aufhebung aller derjenigen kirchlichen Ehehindernisse, die nicht gleichzeitig auch in den Staatsgesetzen anerkannt waren, lediglich auf positivem kirchlichen Rechte beruhten und von denen regelmäßig auch in der katholischen Kirche dispensiert zu werden pflegte. Als religiöse Hindernisse der Eheeinsegnung verblieben nur noch – wie von der zweiten Synode 1875 hervorgehoben wurde – die Religionsverschiedenheit (Ehen zwischen Christen und Nichtgetauften) und das bestehende Eheband (Ehen von zivilrechtlich Geschiedenen bei Lebzeiten des Ehepartners).

Der Synode lagen auch bereits Anträge auf Aufhebung des Zölibatszwanges für die Geistlichen vor, doch wurden diese zurückgestellt. Nachdem auch auf den folgenden Synoden darüber ausführlich debattiert worden war, erfolgte die Aufhebung des Zölibatsgesetzes schließlich durch die fünfte Synode 1878.

In der dritten Sitzung nahm die erste alt-katholische Synode auch die Reform der katholischen Liturgie in Angriff. Hier handelte es sich zunächst um die Sprache bei den gottesdienstlichen Handlungen, die überall noch die lateinische war. Die Synode erließ eine „Erklärung über Einführung der Volkssprache bei dem Gottesdienst", in deren erstem Punkt gesagt wird: „Es ist wünschenswert, dass bei dem öffentlichen Gottesdienste und bei der Spendung der Sakramente die Volkssprache als liturgische Sprache angewendet werde." „Eine solche Reform kann schon darum nur langsam und allmählich durchgeführt werden, weil die Ausarbeitung der nötigen liturgischen Bücher gründliche Vorarbeiten und eine sorgfältige Prüfung erheischt" (Punkt 3). Ausdrücklich wurde eingeschärft: „An den herkömmlichen liturgischen Einrichtungen ist möglichst festzuhalten" (Punkt 5).

Die Synode beschloss die Einsetzung einer Kommission, die zunächst ein Rituale ausarbeiten sollte. Zu Mitgliedern wurden gewählt die drei ordentlichen Professoren der katholisch-theologischen Fakultät der Universität Bonn Reusch, Langen und Menzel, der Professor des katholischen Kirchenrechts an der Bonner Universität, von Schulte, und Pfarrer Tangermann. Den Entwurf fertigte Professor Reusch, der allen Geistlichen und Gemeinden zur Prüfung mitgeteilt wurde und im folgenden Jahr nach Billigung durch die zweite alt-katholische Synode als „Katholisches Rituale" erschien. Es enthält ausschließlich in deutscher Sprache die Formulare für die Spendung der sieben Sakramente (ausgenommen die Priesterweihe, die weiterhin lateinisch erfolgte) sowie weitere liturgische Akte der katholischen Kirche, ferner eine Einleitung, worin der Gebrauch der Muttersprache ausführlich begründet wird, und erläuternde Anmerkungen zu den einzelnen Formularen, wo jegliche Änderung genau erklärt wird. Die Ausarbeitung eines deutschen Messritus wurde jedoch nicht in Angriff genommen, und erst von der neunten Synode 1885 wurde ein „Liturgisches Gebetbuch" gestattet und empfohlen, das von Professor Thürlings mit einer Synodalkommission bearbeitet worden war und neben einem vollständigen Messbuch in deutscher Sprache auch Formulare für den Früh- und Abenddienst enthielt. Doch war auch noch damals ausdrücklich vorgeschrieben, bestimmte Teile der Messe weiterhin lateinisch zu beten.

Wie die Synode selbst erklärt hatte (s. o.), war sie als Partikularsynode nicht befugt, irgendwelche Änderungen in Bezug auf die allgemein anerkannte und dogmatisch festgelegte Glaubenslehre der Kirche zu machen. Vielmehr hatten die Alt-Katholiken bereits auf ihrem ersten Kongress 1871 in München erklärt: „Im Bewusstsein unserer religiösen Pflichten halten wir fest an dem alten katholischen Glauben, wie er in Schrift und Tradition bezeugt ist."

Im Gebiet der Glaubenslehre konnte die Synode also nur die Aufgabe haben, die authentische Lehre festzustellen und für deren richtige Verbreitung zu sorgen. Man musste zu diesem Zwecke ohne Zögern an die Stelle der im Gebrauche befindlichen katholischen Katechismen und Religionshandbücher neue setzen, weil diese alle nun nach der neukatholischen Lehre ausgerichtet waren.

Die erste alt-katholische Synode beschloss daher in ihrer dritten Sitzung am 28. Mai, dass baldmöglichst ein katholischer Katechismus und ein größerer Leitfaden für den katholischen Religionsunterricht herausgegeben werden sollten. Die zu diesem Zwecke gebildete Kommission hatte zu ihren Mitgliedern die vier Universitätsprofessoren Langen, Reusch, Menzel und Knoodt sowie Pfarrer Hochstein. Die von Professor Langen ausgearbeiteten beiden Religionsbücher wurden wieder als Manuskript gedruckt allen Geistlichen und Kirchenvorständen zur eventuellen Einbringung von Änderungsvorschlägen zugesandt und von der dritten Synode 1876 definitiv vorgeschrieben. Die in diesen amtlich einzig anerkannten, beiden Religionsbüchern niedergelegte Glaubenslehre ist die alte katholische, die besonders noch nicht den nachtridentinischen römischen Veränderungen unterworfen ist.

Die Reformperiode dauerte bis etwa zum Ende der achtziger Jahre des 19. Jahrhunderts; danach trat die Bistumssynode nicht mehr jährlich, sondern nur noch alle zwei Jahre zusammen – heute findet sie in der Regel alle drei Jahre statt. Auf die Reformphase folgte eine Zeit der inneren Entwicklung und Stabilisierung der Gemeinden. Die ersten Kirchen wurden gebaut, die Mitbenutzung von katholischen Kirchen musste teilweise erstritten werden und führte an vielen Orten zu heftigen Auseinandersetzungen zwischen den katholischen Gemeinden – auf der einen Seite die „päpstlichen", auf der anderen Seite die alt-katholischen Gemeinden. Teilweise war der Druck, sich an das Bekenntnis der Mehrheit anzupassen, dann doch zu groß, sodass viele sich wieder der römisch-katholischen Kirche anschlossen.

Nach dem I. Vatikanum hatte noch die Mehrheit der Professoren an der Bonner katholisch-theologischen Fakultät die neuen Dogmen abgelehnt und sich zur alt-katholischen Kirche bekannt. Damit wurde Bonn auch der Ort für die Ausbildung der alt-katholischen Geistlichen. Da die Lehrstühle nach dem Tod der Professoren jedoch wieder mit römisch-katholischen Professoren besetzt wurden, gründete Bischof Reinkens bereits 1887 ein eigenes Priesterseminar, an dem bischöfliche Dozenten in Ergänzung zur Fakultät Vorlesungen hielten. 1902 errichtete der preußische Staat ein Seminar für philosophische Propädeutik mit einem alt-katholischen Professor. 1937 wurde dieses Seminar offiziell in Alt-Katholisches Seminar an der Universität Bonn umbenannt und besteht heute aus einem Lehrstuhl mit kirchengeschichtlichem und systematischem Schwerpunkt.

Alt-Katholische Einrichtungen

1890 wurden als eine ständige Einrichtung die in einem mehrjährigen Turnus sich versammelnden Internationalen Alt-Katholiken-Kongresse geschaffen, die als wesentlichen Punkt in ihr Programm die Bemühungen um eine „Einigung aller christlichen Gemeinschaften auf altchristlichem Grunde" aufnahmen und von Anfang an nach Teilnehmern und Themen ein ökumenisches Forum bildeten. Vom zweiten Internationalen Alt-Katholiken-Kongress 1892 wurde die Herausgabe einer alt-katholischen „Internationalen Theologischen Zeitschrift" (ab 1911 „Internationale Kirchliche Zeitschrift" [IKZ], Bern) beschlossen, die seitdem „ihre besondere Aufmerksamkeit dem Problemkreis der ungeteilten und wiederzuvereinigenden Kirche zuwendet". Sie war in den folgenden zwei Jahrzehnten die einzige Zeitschrift auf dem europäischen Kontinent, in der systematisch über ökumenische Probleme berichtet und geschrieben wurde, und ist auch die einzige Zeitschrift, die all die Jahrzehnte hindurch bis heute kontinuierlich sich den ökumenischen Studien und Informationen widmet, seit 1910 unter besonderer Berücksichtigung der Bewegung für Glauben und Kirchenverfassung, an der die alt-katholische Kirche von Anfang an aktiv mitarbeitete.

Synodales Prinzip

Als „synodales Prinzip" wird der Grundsatz bezeichnet, auf allen Ebenen, angefangen von der Pfarrgemeinde bis zur Weltkirche, das ganze Volk Gottes an wichtigen Entscheidungen zu beteiligen und Laien gemeinsam mit den Diakonen, Priestern und Bischöfen über den Weg der Kirche mitsprechen und mitbestimmen zu lassen.

Im Katholischen Bistum der Alt-Katholiken in Deutschland kommt das synodale Prinzip im Wesentlichen auf drei Ebenen zum Tragen: Auf Gemeindeebene muss einmal im Jahr eine Gemeindeversammlung einberufen werden, in welcher alle über 18jährigen Gemeindemitglieder stimmberechtigt sind. Die Gemeindeversammlung berät über alle wichtigen Fragen im Leben der Gemeinden, beschließt den Finanzhaushalt, wählt den Kirchenvorstand, und, wenn das Pfarramt vakant ist, den Pfarrer der Gemeinde; sie wählt auch die ihr nach der Anzahl der Gemeindemitglieder zuste-

henden Synodalen für die Bistumssynode und für die Landessyno-
de. Auf Bistumsebene findet das synodale Prinzip seinen Ausdruck
in der Bistumssynode, die in regelmäßigen Abständen zusammen-
tritt und sich aus Delegierten aller Gemeinden, den Pfarrern und
den mit einem ständigen Seelsorgeauftrag versehenen Geistlichen
sowie dem Bischof zusammensetzt. Die Bistumssynode beschließt
über die das Bistum betreffenden kirchlichen Ordnungen und
Satzungen, bei Freiwerden des Bischofssitzes wählt sie den neuen
Bischof, sie gibt Impulse für das Leben des Bistums, beschließt den
Bistumshaushalt, wählt die richterlichen Gremien und Sachkom-
missionen und vieles andere mehr. Schließlich wählt sie für den
Zeitraum zwischen den Synoden eine „Synodalvertretung", d. h.
ein Gremium von drei Priestern und vier Laien, die sich regelmäßig
mit dem Bischof treffen und in der Leitung des Bistums vor allem
in Personal-, Seelsorgs- und Haushaltsfragen mitentscheiden. Auf
mittlerer Ebene gibt es in Deutschland noch die Landessynoden
oder Gemeindeverbände, die Vertretung der alt-katholischen Kirche in einem Land. Die Landessynoden sind für die Förderung der
alt-katholischen Bewegung, für finanzielle Belange und die Entscheidung von Streitigkeiten in ihrem Gebiet zuständig. Auch sie
wählen für den Zeitraum zwischen den Synoden entsprechend der
Synodalvertretung des Bistums einen „Landessynodalrat", der je
nach Landessynodalrecht des jeweiligen Gebietes zusammengesetzt
und geleitet wird.

Die christkatholische Kirche in der Schweiz

Schon während des Konzils war für den 3. April 1870 eine Versammlung freisinniger Männer einberufen worden, die eine Einga-
be an den Bundesrat richteten, um ihn vor den Folgen der vatikanischen Beschlüsse zu warnen. Nach der Verkündung der Dogmen
fanden zahlreiche Protestversammlungen statt. Am 18. September
1871 versammelten sich 380 Abgeordnete von freisinnigen Katholi-
kenvereinen, die sich in zahlreichen Orten gebildet hatten, zu einem
Katholikenkongress in Solothurn. Die Bildung eines „Schweizerischen Vereins freisinniger Katholiken" und eines „Zentralkomitees"
wurde beschlossen.

Daneben hatte Eduard Herzog, Professor an der theologischen
Fakultät in Luzern, gemeinsam mit Freunden seit April 1870 die

„Stimmen aus den Waldstätten" herausgegeben, in denen er gegen die neuen Dogmen ankämpfte. Allein gelassen zog er im Herbst 1872 von Luzern weg und nahm eine Stelle als alt-katholischer Pfarrer in Krefeld an.

Walter Munzinger (†1873), Professor für Rechtswissenschaft an der Universität Bern, berief für den 1. Dezember 1872 eine Delegiertenversammlung des Zentralkomitees des schweizerischen Vereins freisinniger Katholiken nach Olten ein. Auf seinen Antrag hin wurde der Beschluss gefasst, eigene Gemeinden zu gründen und eine eigene kirchliche Organisation zu schaffen. Professor Reinkens aus Deutschland gab der von rund 2.000 Katholiken besuchten Versammlung seine Unterstützung. In der Folgezeit bildeten sich in den größeren Städten und in den Kantonen Aargau und Solothurn auch auf dem Lande zahlreiche Gemeinden.

Unter der Redaktion von Professor Peter Dietschi wurden zur Ausbreitung des alt-katholischen Gedankens die „Katholischen Blätter" herausgegeben. Professor Munzinger sorgte dafür, dass an der theologischen Fakultät in Bern eine katholisch-theologische Fakultät für die Ausbildung der Geistlichen errichtet wurde, die auch am 3. November 1874 eröffnet werden konnte. Schließlich machte sich das Zentralkomitee an die Erstellung einer kirchlichen Verfassung. Der Entwurf wurde durch Delegiertenversammlungen am 14. Juni und 21. September 1874 angenommen.

Auf der ersten Synode, die am 14. Juni 1875 in Olten stattfand, wurde die Verfassung angenommen und in Kraft gesetzt. Sie war im Wesentlichen nach den Grundsätzen aufgebaut, die der Alt-Katholiken-Kongress in Konstanz aufgestellt hatte.

Am 28. April 1876 erteilte der Bundesrat der Errichtung eines christkatholischen Bistums die Genehmigung. Die christkatholische Kirche gilt seitdem neben der römisch-katholischen und reformierten Kirche als schweizerische Landeskirche.

Am 7. Juni 1876 wurde daraufhin der erste Bischof gewählt: Eduard Herzog (1841-1924). Die Weihe empfing er am 18. September 1876 in Rheinfelden durch den deutschen alt-katholischen Bischof Reinkens.

Die Reformen, die im weiteren durchgeführt wurden, waren ähnlich wie in Deutschland.

Die alt-katholische Kirche in Österreich

Nach dem Konzil bildeten sich in Österreich größere Gemeinden in Wien, Warnsdorf und Ried. Aber noch an vielen anderen Orten gab es Ansätze zur Gemeindebildung. Die Regierung bereitete der Entstehung der Kirche große Schwierigkeiten. Erst nach langen Verhandlungen wurde ihr 1877 die staatliche Anerkennung zuteil. 1880 konnte die erste Synode zusammentreten. 1888 wurde Amandus Czech zum Bistumsverweser gewählt, der 1896 seinen Sitz nach Warnsdorf verlegte. Um 1880 bildeten sich weitere Gemeinden im Isargebirge. Neuen Zuwachs erhielt die Kirche um 1900 durch die sogenannte „Los-von-Rom-Bewegung". Mit der Auflösung der Donaumonarchie nach dem Ersten Weltkrieg erfolgte die Trennung des bisherigen Bistums in ein österreichisches mit Sitz in Wien und in ein tschechoslowakisches mit Sitz in Warnsdorf. Von diesem Zeitpunkt an konnten sich die Alt-Katholiken freier entwickeln. In der Tschechoslowakei erteilte die Regierung dem Bistum Warnsdorf die staatliche Anerkennung. Unter der Führung von Bischof Paschek (1924-1949) blühten die Gemeinden rasch auf. Nach dem Zweiten Weltkrieg erlitten sie durch die zwangsweise Aussiedlung der Sudetendeutschen schwere Verluste.

Union

Im Auftrage des alt-katholischen Unionskomitees lud Döllinger 1874 und 1875 zu den beiden historischen Bonner Unionskonferenzen ein, an denen eine beachtliche Zahl hervorragender Bischöfe und Theologen der Alt-Katholischen, Orthodoxen, Anglikanischen Kirchen und Vertreter des Protestantismus aus fast allen Ländern Europas und aus Amerika teilnahmen. Es waren dies seit Jahrhunderten die ersten großen internationalen theologischen Unionskonferenzen von Vertretern der Ost- und Westkirchen, die sich im Geiste der Verständigung mit der Glaubenslehre und Kirchenordnung im Hinblick auf die Wiedervereinigung der christlichen Kirchen befassten und ein großes Maß an Übereinstimmung erreichten. Als Ziele der Unionskonferenzen wurde angegeben:

„Die Ziele sind: Zuerst ein erneuertes gemeinschaftliches Bekenntnis jener christlichen Hauptlehren herbeizuführen, welche die Summe der von der ursprünglichen ungeteilten Kirche in ihren Symbolen fixierten Glaubenssätze bilden und welche auch jetzt noch zur Lehrnorm der großen, in der Kontinuität der frühen Christenheit stehenden religiösen Genossenschaften gehören. Auf Grund dieses übereinstimmenden Bekenntnisses erstrebt ferner die Konferenz die Herstellung einer Interkommunion und kirchlichen Konföderation, d. h. einer wechselseitigen Anerkennung, welche, ohne bis zu einer Verschmelzung zu gehen und ohne Beeinträchtigung nationalkirchlicher und überhaupt überlieferter Eigentümlichkeiten in Lehre, Verfassung und Ritus, den Mitgliedern der anderen Genossenschaften ebenso wie den eigenen die Teilnahme an Gottesdienst und Sakramenten gewährt."

„Die Absicht der Konferenz ist nicht etwa, durch vieldeutige Phrasen, welche dann Jeder beliebig sich zurechtlegen könnte, eine scheinbare Übereinstimmung zu erzielen; sie will vielmehr durch allseitige Prüfung und Erörterung solche Thesen feststellen, welche die Substanz der Bibellehre und der Väterüberlieferung einfach und präzis ausdrücken und eben darum als Band und Unterpfand der erstrebten Gemeinschaft dienen mögen."

„Das Ziel ist nicht eine absorptive Union oder völlige Verschmelzung der verschiedenen Kirchenkörper, sondern die Herstellung einer kirchlichen Gemeinschaft auf Grund der „unitas in necessariis", mit Schonung und Beibehaltung der nicht zur Substanz des altkirchlichen Bekenntnisses gehörigen Eigentümlichkeiten der einzelnen Kirchen."

Die Arbeitsprinzipien des alt-katholischen Unionskomitees von 1872 und die Grundlagen und Ziele der Bonner Unionskonferenzen von 1874 und 1875, die auch die ausdrückliche Zustimmung der orthodoxen und anglikanischen Delegation fanden, sind seitdem für alle Einheitsbemühungen der alt-katholischen Kirche maßgebend.

Von außerordentlicher Bedeutung aber wurde die Utrechter Erklärung für die Wiedervereinigung der Kirche „unter Festhaltung an dem Glauben der ungeteilten Kirche"

I. Unionskonferenz zu Bonn
14. bis 16. September 1874

Angenommene Thesen

1. Wir stimmen überein, dass die apokryphischen oder deuterokanonischen Bücher des alten Testamentes nicht dieselbe Kanonizität haben wie die im hebräischen Kanon enthaltenen Bücher.

2. Wir stimmen überein, dass keine Übersetzung der Hl. Schrift eine höhere Autorität beanspruchen kann als der Grundtext.

3. Wir stimmen überein, dass das Lesen der Hl. Schrift in der Volkssprache nicht auf rechtmäßige Weise verboten werden kann.

4. Wir stimmen überein, dass es im allgemeinen angemessener und dem Geist der Kirche entsprechender ist, dass die Liturgie in der vom Volke verstandenen Sprache gebraucht werde.

5. Wir stimmen überein, dass der durch Liebe wirksame Glaube, nicht der Glaube ohne Liebe, das Mittel und die Bedingung der Rechtfertigung des Menschen vor Gott ist.

6. Die Seligkeit kann nicht durch sogenannte „merita de condigno" verdient werden, weil der unendliche Wert der von Gott verheißenen Seligkeit nicht im Verhältnis steht zu dem endlichen Werte des Menschen.

7. Wir stimmen überein, dass die Lehre von den „opera supererogationis" und von einem „thesaurus meritorum sanctorum", d. i. die Lehre, dass die überfließenden Verdienste der Heiligen, sei es durch die kirchlichen Obern, sei es durch die Vollbringer der guten Werke selbst, auf andere übertragen werden können, unhaltbar ist.

8. a) Wir erkennen an, dass die Zahl der Sakramente erst im 12. Jahrhundert auf sieben festgesetzt und dann in die allgemeine Lehre der Kirche aufgenommen wurde, und zwar nicht als eine von den Aposteln oder von den ältesten Zeiten kommende Tradition, sondern als das Ergebnis theologischer Spekulation.

b) Katholische Theologen, z. B. Bellarmin, erkennen an und wir mit ihnen, dass die Taufe und die Eucharistie „principalia, praecipua, eximia salutis nostrae sacramenta" sind.

9. Während die Hl. Schrift anerkanntermaßen die primäre Regel des Glaubens ist, erkennen wir an, dass die echte Tradition, d.i. die ununterbrochene, teils mündliche, teils schriftliche Überlieferung der von Christus und den Aposteln zuerst vorgetragenen Lehre eine autoritative (gottgewollte) Erkenntnisquelle für alle aufeinanderfolgenden Generationen von Christen ist. Diese Tradition wird teils erkannt aus dem Consensus der großen in historischer Kontinuität mit der ursprünglichen Kirche stehenden Kirchenkörper, teils wird sie auf wissenschaftlichem Wege ermittelt aus den schriftlichen Denkmälern aller Jahrhunderte.

10. Wir verwerfen die neue römische Lehre von der unbefleckten Empfängnis der hl. Jungfrau Maria als in Widerspruch stehend mit der Tradition der ersten 13 Jahrhunderte, nach welcher Christus allein ohne Sünde empfangen ist.

11. Wir stimmen überein, dass die Praxis des Sündenbekenntnisses vor der Gemeinde oder einem Priester, verbunden mit der Ausübung der Schlüsselgewalt, von der ursprünglichen Kirche auf uns gekommen und, gereinigt von Missbräuchen und frei von Zwang, in der Kirche beizubehalten ist.

12. Wir stimmen überein, dass „Ablässe" sich nur auf wirklich von der Kirche selbst auferlegte Bußen beziehen können.

13. Wir erkennen an, dass der Gebrauch des Gebetes für die verstorbenen Gläubigen, d. h. die Erflehung einer reichen Ausgießung der Gnade Christi über sie, von der ältesten Kirche auf uns gekommen und in der Kirche beizubehalten ist.

14. Die eucharistische Feier in der Kirche ist nicht eine fortwährende Wiederholung oder Erneuerung des Sühneopfers, welches Christus ein für allemal am Kreuze dargebracht hat; aber ihr Opfercharakter besteht darin, dass sie das bleibende Gedächtnis desselben ist und eine auf Erden stattfindende Darstellung und Vergegenwärtigung jener einen Darbringung Christi für das Heil der erlösten Menschheit, welche nach Hebräer 9, 11-12, fortwährend im Himmel von Christus geleistet wird, indem er jetzt in der Gegenwart Gottes für uns erscheint (Hebr 9, 24). Indem dies der Charakter der Eucharistie bezüglich des Opfers Christi ist, ist sie zugleich ein geheiligtes Opfermahl, in welchem

die den Leib und das Blut des Herrn empfangenden Gläubigen Ge-
meinschaft miteinander haben (1 Kor 10, 17).

Zum Filioque-Streit

Wir geben zu, dass die Art und Weise, in welcher das Filioque in das
nizäische Glaubensbekenntnis eingeschoben wurde, ungesetzlich war,
und dass es im Interesse des Friedens und der Einigkeit sehr wün-
schenswert ist, dass die ganze Kirche es ernstlich in Erwägung ziehe,
ob vielleicht die ursprüngliche Form des Glaubensbekenntnisses wieder
hergestellt werden könne ohne Aufopferung irgendeiner wahren in der
gegenwärtigen westlichen Form ausgedrückten Lehre.

II. Unionskonferenz zu Bonn
12. bis 16. August 1875

Angenommene Thesen

1. Wir stimmen überein in der Annahme der ökumenischen Symbole
und der Glaubensentscheidungen der alten ungeteilten Kirche.
2. Wir stimmen überein in der Anerkennung, dass der Zusatz des Fi-
lioque zum Symbolum nicht in kirchlich rechtmäßiger Weise erfolgt
sei.
3. Wir bekennen uns allerseits zu der Darstellung der Lehre vom Hl.
Geiste, wie sie von den Vätern der ungeteilten Kirche vorgetragen wird.
4. Wir verwerfen jede Vorstellung und jede Ausdrucksweise, in welcher
etwa die Annahme zweier Prinzipien oder ARCHAI oder AITIAI in
der Dreieinigkeit enthalten wäre. Wir nehmen die Lehre des hl. Jo-
hannes von Damaskus über den Hl. Geist, wie dieselbe in den nach-
folgenden Paragraphen ausgedrückt ist, im Sinne der Lehre der alten
ungetrennten Kirche an:
1. Der Hl. Geist geht aus dem Vater als dem Anfang, der Ursache, der
Quelle der Gottheit.
2. Der Hl. Geist geht nicht aus dem Sohne, weil es in der Gottheit nur
Einen Anfang, Eine Ursache gibt, durch welche alles, was in der Gott-
heit ist, hervorgebracht wird.
3. Der Hl. Geist geht aus dem Vater durch den Sohn.

4. Der Hl. Geist ist das Bild des Sohnes, des Bildes des Vaters, aus dem Vater ausgehend und im Sohne ruhend als dessen ausstrahlende Kraft.
5. Der Hl. Geist ist die persönliche Hervorbringung aus dem Vater, dem Sohne angehörig, aber nicht aus dem Sohn, weil er der Geist des Mundes der Gottheit ist, welcher das Wort ausspricht.
6. Der Hl. Geist bildet die Vermittlung zwischen dem Vater und dem Sohn und ist durch den Sohn mit dem Vater verbunden.

Die Utrechter Union der alt-katholischen Kirchen

1889 wurde die alt-katholische Kirchengemeinschaft (die sogenannte Utrechter Union) offiziell konstituiert. Auf Einladung des Erzbischofs von Utrecht, Johannes Heykamp, versammelten sich am 24. September 1889 in Utrecht die fünf alt-katholischen Bischöfe Hollands, Deutschlands und der Schweiz und beschlossen, sich zu einer Konferenz zu vereinigen (Internationale alt-katholische Bischofskonferenz). Sie trafen eine Vereinbarung (Utrechter Konvention) über den Charakter der alt-katholischen Kirchengemeinschaft und erließen eine Erklärung an die Katholische Kirche

Utrechter Erklärung

1. Wir halten fest an dem altkirchlichen Grundsatze, welchen Vincentius von Lerinum in dem Satz ausgesprochen hat: Id teneamus, quod ubique, quod semper, quod ab omnibus creditum est; hoc est etenim vere proprieque catholicum. Wir halten darum fest an dem Glauben der alten Kirche, wie er in den ökumenischen Symbolen und in den allgemein anerkannten dogmatischen Entscheidungen der ökumenischen Synoden der ungeteilten Kirche des 1. Jahrtausends ausgesprochen ist.
2. Als mit dem Glauben der alten Kirche in Widerspruch stehend und die altkirchliche Verfassung zerstörend, verwerfen wir die vatikanischen Dekrete vom 18. Juli 1870 über die Unfehlbarkeit und den Universal-Episkopat oder die kirchliche Allgewalt des römischen Papstes. Das hindert uns aber nicht, den historischen Primat anzuerkennen, wie denselben mehrere ökumenische Konzilien und die Väter der alten Kirche dem Bischof von Rom als dem primus inter pares zugesprochen haben mit der Zustimmung der ganzen Kirche des 1. Jahrtausends.

3. Wir verwerfen auch, als in der Hl. Schrift und der Überlieferung der ersten Jahrhunderte nicht begründet, die Erklärung Pius IX. vom Jahre 1854 über die unbefleckte Empfängnis Mariä.
4. Was die anderen in den letzten Jahrhunderten von dem römischen Bischof erlassenen dogmatischen Dekrete, die Bullen Unigenitus, Auctorem fidei, den Syllabus von 1864 usw. betrifft, so verwerfen wir dieselben, soweit sie mit der Lehre der alten Kirche in Widerspruch stehen, und erkennen sie nicht als maßgebend an. Überdies erneuern wir alle diejenigen Proteste, welche die alt-katholische Kirche von Holland in früherer Zeit bereits gegen Rom erhoben hat.
5. Wir nehmen das Konzil von Trient nicht an in seinen dogmatischen Entscheidungen, welche die Disziplin betreffen, und wir nehmen seine dogmatischen Entscheidungen nur insoweit an, als sie mit der Lehre der alten Kirche übereinstimmen.
6. In Erwägung, dass die heilige Eucharistie in der katholischen Kirche von jeher den wahren Mittelpunkt des Gottesdienstes bildet, halten wir es für unsere Pflicht, auch zu erklären, dass wir den alten katholischen Glauben von dem heiligen Altarsakramente unversehrt in aller Treue festhalten, indem wir glauben, dass wir den Leib und das Blut unseres Herrn Jesu Christi selbst unter den Gestalten von Brot und Wein empfangen. Die eucharistische Feier in der Kirche ist nicht eine fortwährende Wiederholung oder Erneuerung des Sühneopfers, welches Christus ein für allemal am Kreuze dargebracht hat; aber ihr Opfercharakter besteht darin, dass sie das bleibende Gedächtnis desselben ist und eine auf Erden stattfindende reale Vergegenwärtigung jener Einen Darbringung Christi für das Heil der erlösten Menschheit, welche nach Hebr 9,11,12 fortwährend im Himmel von Christus geleistet wird, indem er jetzt in der Gegenwart Gottes für uns erscheint (Hebr 9,24). Indem dies der Charakter der Eucharistie bezüglich des Opfers Christi ist, ist sie zugleich ein geheiligtes Opfermahl, in welchem die den Leib und das Blut des Herrn empfangenden Gläubigen Gemeinschaft miteinander haben (1 Kor 10, 17).
7. Wir hoffen, dass es den Bemühungen der Theologen gelingen wird, unter Festhaltung an dem Glauben der ungeteilten Kirche, eine Verständigung über die seit den Kirchenspaltungen entstandenen Differenzen zu erzielen. Wir ermahnen die unserer Leitung unterstellten Geistlichen, in der Predigt und bei dem Unterrichte die wesentlichen christlichen Glaubenswahrheiten, zu welchen sich

die kirchlich getrennten Konfessionen gemeinsam bekennen, in erster Linie zu betonen, bei der Besprechung der noch vorhandenen Gegensätze jede Verletzung der Wahrheit und der Liebe sorgfältig zu vermeiden und die Mitglieder unserer Gemeinden durch Wort und Beispiel anzuleiten, Andersgläubigen gegenüber sich so zu verhalten, wie es dem Geiste Jesu Christi entspricht, der unser aller Erlöser ist.

8. Durch treues Festhalten an der Lehre Jesu Christi, unter Ablehnung aller durch die Schuld der Menschen mit derselben vermischten Irrtümer, aller kirchlichen Missbräuche und hierarchischen Bestrebungen, glauben wir am erfolgreichsten dem Unglauben und der religiösen Gleichgültigkeit, dem schlimmsten Übel unserer Zeit, entgegenzuwirken. Die alt-katholischen Kirchen Hollands, Deutschlands, der Schweiz, Österreichs, der Tschechoslowakei, die nationalen Kirchen in den Vereinigten Staaten und in Polen, die alt-katholische Kirche von Jugoslawien bekennen sich zu dieser Erklärung.

Weitere Erklärungen der Utrechter Union

Erklärung zum Dogma von der leiblichen Himmelfahrt Mariä 1950

Im Namen der allerheiligsten Dreifaltigkeit
legen die durch die Utrechter Erklärung vom 24. September 1889 vereinigten Bischöfe der Alt-Katholischen Kirchen zu der Lehre von der „leiblichen Aufnahme der Hl. Maria in den Himmel" folgendes Zeugnis ab:

An die katholische Kirche
Wir bekennen in Übereinstimmung mit der einen heiligen, katholischen und apostolischen Kirche den Glauben „an Jesum Christum, den eingeborenen Sohn Gottes, unsern Herrn, der empfangen ist von dem Heiligen Geiste, geboren aus Maria der Jungfrau". Wir bekennen, dass Gott die Hl. Maria auserkoren hat, damit sie als Jungfrau vom Heiligen Geist die Mutter des Wortes Gottes werde, das von Ewigkeit Gott und bei Gott ist und das „um uns Menschen und um unseres Heiles willen" aus ihr Fleisch und Mensch geworden ist. Wir bekennen, dass die Kirche ihr den Namen „Mutter Gottes" gegeben hat, um damit den Glauben zu bezeugen, dass aus Maria nicht nur ein Mensch geboren wurde, sondern Jesus Christus, der von Ewigkeit her einer Wesensein-

heit mit dem Vater, Gott und Mensch in einer Person ist. Wir bekennen, dass Gott uns in diesem seinem eingeborenen Sohn Jesus Christus den einzigen Erlöser und Mittler geschenkt hat, durch den wir gerettet werden, und dass „in keinem andern das Heil ist, denn es ist kein anderer Name unter dem Himmel für die Menschen gegeben, durch den wir gerettet werden". Wir bekennen, dass Gott in Jesus Christus, seinem Mensch gewordenen Sohn, alles geoffenbart hat, was zu unserem Heil notwendig ist, dass Er durch seinen Heiligen Geist diese seine Offenbarung zu allen Zeiten seiner Kirche schenkt, und dass alles, das davon abweicht oder was hinzugefügt wird, nicht die Wahrheit enthält, die Gott uns geoffenbart hat. Darum weisen wir aufs Neue die Lehre zurück, nach welcher der Bischof von Rom fähig sei, unfehlbar auszusprechen, festzustellen und als Heilswahrheit der Kirche vorzuschreiben, was Gott geoffenbart hat, und dass er dies vermöge, auch wenn eine solche Lehre weder durch Gottes Wort in der Heiligen Schrift noch durch den allgemein anerkannten Glauben der Kirche bezeugt wird. Wir weisen deshalb aufs neue die vom Bischof von Rom proklamierte Lehre von der unbefleckten Empfängnis Mariä zurück, und heute ebenso die an Allerheiligen 1950 definierte und verkündete Lehre von der leiblichen Aufnahme der heiligen Jungfrau Maria in die himmlische Herrlichkeit. Wir bedauern, dass die Kirche von Rom sich durch diese neue Lehre wiederum einen Schritt weiter von der Wahrheit, die allein aus Gott ist, entfernt hat, und dass dadurch die Trennung in der Christenheit, die nach Herstellung der Einheit strebt, aufs neue verschärft wird. In der Gemeinschaft mit der Kirche aller Jahrhunderte ehren wir das Andenken der Heiligen Maria, der Mutter unseres Erlösers, der Patriarchen, der Apostel und aller Heiligen, denen Gott die Krone des ewigen Lebens verliehen hat. Und wir bitten Gott, der durch seinen Heiligen Geist den ganzen Leib der Kirche heiligt und regiert, dass Er die Fürbitte dieser seiner triumphierenden Kirche erhöre und in der streitenden Kirche den Irrtum tilge, das Licht der Wahrheit leuchten lasse und ihr die Gaben der Einheit und des Friedens verleihe, durch Jesum Christum unsern Herrn. Amen.

Gegeben zu Utrecht (Niederlande) und Bern (Schweiz) am Feste des Hl. Stephanus, dem 26. Dezember des Jahres unseres Herrn 1950.
Für die Alt-Katholische Bischofskonferenz
Der Präsident: Andreas Rinkel, Erzbischof von Utrecht
Der Sekretär: Adolf Küry, Bischof, Bern

Der Glaubensbrief der Bischofskonferenz 1969 über das alt-katholische Bekenntnis

In Bestätigung der von den alt-katholischen Bischöfen der Utrechter Union befolgten Grundsätze und in Treue zum Bekenntnis der alten und einen Kirche, erklärt die internationale alt-katholische Bischofskonferenz feierlich, dass für den Glauben der von ihnen vertretenen Kirchen folgende Normen gelten:

I. Über die Offenbarung und ihre Überlieferung

Wir glauben dem apostolischen Zeugnis von Jesus Christus, das im Kanon der von der ungeteilten Kirche des ersten Jahrtausends anerkannten heiligen Schriften enthalten ist. Die göttliche Offenbarung des Neuen Bundes wurde vorausgehend angesagt im prophetischen Zeugnis der göttlichen Offenbarung im Alten Bund und nachfolgend durch den Heiligen Geist allen an Christus Glaubenden bestätigt und tiefer erschlossen.

Wir halten darum fest an der Untrüglichkeit der Glaubensentscheidungen der sieben von der ganzen Kirche anerkannten Ökumenischen Konzilien, durch welche die Offenbarung des dreieinigen Gottes, des Vaters, des Sohnes und des Heiligen Geistes bleibend gegen die verschiedenen sie betreffenden Irrlehren verteidigt und das Werk unserer notwendigen und wahren Erlösung durch die eine Person unseres Erlösers Jesus Christus in wahrer Gottheit und wahrer Menschheit als der Inhalt unseres Glaubens bekannt wurde. Deshalb gilt uns das Glaubenssymbol von Nicaea (325) und Konstantinopel I (381) und seine Verteidigung, Anwendung und Auslegung durch die weiteren dogmatischen Entscheidungen des Konzils von Ephesus (431), Chalkedon (451), Konstantinopel II (553) und III (680) sowie Nicaea II (787) als die dauernde Richtschnur unseres Glaubens (Kanon pisteos). Wir lehnen darum den Zusatz des filioque, der im Westen während des 11. Jahrhunderts ohne Anerkennung durch ein ökumenisches Konzil gemacht wurde, mit Entschiedenheit ab. Diese Ablehnung bezieht sich nicht nur auf die unkanonische Weise der Hinzufügung, trotzdem schon diese Form einen Verstoß gegen die Liebe als das Band der Einheit darstellt. Wir weisen vielmehr entschieden auch jede theologische Lehre ab, die den Sohn zur Mitursache des Geistes macht. In gläubigem Gehorsam halten wir fest an der Einheit und Fülle der göttlichen Offenbarung, wie sie in der Überlieferung der Einen, Heiligen, Katholischen und Apostolischen Kirche stets festgehalten wurde, wobei wir unterscheiden zwischen dem vollendeten Dogma der ökumenischen Konzile und kirchlichen Lehren, deren sprachlicher Ausdruck nicht durch ein ökumenisches Konzil festgelegt wurde.

Der Weg der Kirche durch die Zeit und zu allen Völkern erfordert eine theologische Erklärung und Entwicklung der Dogmen und kirchlichen Lehren, die jedoch nur solange legitim bleiben, als sie, getragen von der Kraft des die Kirche durchwaltenden Heiligen Geistes, der Einheit und Fülle der göttlichen Offenbarung in der Überlieferung der Kirche nicht widersprechen. Der Heilige Geist ist es, der die Heiligung aller Glieder der Kirche bewirkt und die theologische Arbeit durch die Anfechtungen und Verirrungen des menschlichen Geistes hindurch zu immer neuem Zeugnis der überlieferten Wahrheit führt. Der Heilige Geist ist es auch, der in der Gemeinschaft der Kirche den Glaubenssinn aller ihrer Glieder schafft und sie zusammenschließt zur Übereinstimmung ihres Bekenntnisses mit dem Zeugnis der Apostel, Märtyrer, Heiligen und Lehrer. Diese hl. Gemeinschaft wird vorzüglich sichtbar in der Feier der hl. Eucharistie, wie sie an den verschiedenen Orten von der Kirche in Verbindung mit dem rechtmäßigen Bischof gefeiert wird.

II. Über die Kirche und die Sakramente

Mit der Überlieferung der Kirche bewahren wir die sieben heiligen Handlungen der Taufe, Firmung, Buße, Eucharistie, Krankensalbung, Weihe und die Ehe als Mysterien und Sakramente der Kirche, durch die nach dem Willen Christi unser Heil bewirkt wird.

Unter diesen Handlungen sind die Taufe und das Herrenmahl die hervorragendsten, ohne dass dadurch den übrigen Sakramenten ihre Notwendigkeit und ihr unvergleichlicher Wert genommen oder gemindert würde. Alle Sakramente beruhen auf der Menschwerdung, dem Kreuzestod und der Auferstehung Jesu Christi und verbinden uns mit deren fortwirkender göttlicher Kraft.

Von der Einen, Heiligen Kirche glauben und bekennen wir, dass sie, von Gott vor Grundlegung der Welt erwählt, im heiligen Gottesvolk des Alten Bundes vorgebildet, von unserm Herrn Jesus Christus gestiftet wurde und bis zu seiner Wiederkunft als sichtbare Gemeinschaft des Glaubens, des apostolischen Amtes, der Sakramente und des Gottesdienstes, der Verkündigung des Evangeliums und der dienenden Liebe zu allen Menschen, besonders aber zu den Gefährten des Glaubens, durch den Heiligen Geist – trotz aller menschlichen Schwäche und Sünde – gnädig erhalten und zur Verherrlichung seines Namens geführt wird. In dieser Gemeinschaft blicken wir in stetem, verehren-

dem Gedenken auf Maria, die jungfräuliche Mutter unseres Herrn und Gottes, Jesus Christus, und weiter auf alle Apostel, Märtyrer, Heiligen und Lehrer des Glaubens. In der Einheit dieser Gemeinschaft der Kirche verharrend, haben wir von ihr ein unverbrüchliches Zeugnis zu geben, vermögen aber nicht, durch unser Urteil für das Wirken der Gnade in den verschiedenen Kirchen und christlichen Gemeinschaften, die durch die Sünde der Spaltung die sichtbare Verbindung mit der Fülle der Wahrheit in der Einen Kirche verloren haben, die Grenze zu bestimmen. Wir glauben, dass wir in diese hl. Gemeinschaft durch das Sakrament der Einen Taufe auf den Namen des Vaters, des Sohnes und des Heiligen Geistes, die auch den Kindern mit Recht gespendet wird, aufgenommen werden und dass den Gläubigen in diesem Sakrament die ganze Fülle des Heiles erschlossen wird. Während die hl. Firmung den Glaubenden in diesem Heil befestigt und das Sakrament der Buße vom Verlust des Gnadenlebens in die Gemeinschaft der Kirche zurückführt, werden in der Opferfeier der hl. Eucharistie, die rechtmäßig in der Gemeinschaft der Kirche gefeiert wird, die Gaben von Brot und Wein nach dem durch die Kraft des Heiligen Geistes wirksamen Wort unseres Herrn gewandelt (metaballontai) zu seinem wahren Leib und Blut. Diese reale Gegenwart bekennen und verehren wir in den konsekrierten Elementen vor dem Empfang und glauben ihre Dauer, solange sie, auch wenn sie zum Gebrauch für die Alten und Kranken aufbewahrt werden, die sichtbare äußere Gestalt von Brot und Wein behalten. Wir vertrauen auf die Gnadenwirkung der heiligen Ölung, die die Priester an den Kranken unter Gebet für deren körperliche und geistige, zeitliche und ewige Heilung und Gesundung vollziehen. Wir glauben, dass Christus seine Kirche zusammenbringen, leiten, lehren und heiligen will durch den Dienst des apostolischen Amtes, das durch die fortgesetzte sakramentale Handauflegung der Bischöfe zusammen mit den von diesen geweihten Priestern und Diakonen in der Einen, Heiligen Kirche bewahrt wird und das, durch den Heiligen Geist in alle Wahrheit geleitet, vorzüglich in der Gemeinschaft der rechtmäßigen und ökumenischen Konzile diese Wahrheit mit höchster Vollmacht bezeugt. In besonderer Weise dient der Heiligung der menschlichen Gemeinschaft die sakramental geschlossene Ehe, in der die lebendige Liebe Christi das rechtmäßig geknüpfte Band in seiner natürlichen Unauflöslichkeit stärkt und erhält.

III. Über das Prinzip der Einheit

Indem wir so die Grundzüge unseres Glaubens bezeugen, erklären wir uns verbunden mit allen Gläubigen, die im orthodoxen katholischen und apostolischen Glauben verharren. Wir lehnen deshalb die Preisgabe der Autorität der Überlieferung der Einen Kirche ebenso ab wie deren Unterstellung unter den in Schrift und Überlieferung nicht begründeten Anspruch der Unfehlbarkeit und des Universalepiskopates des Bischofs von Rom. Dem entgegen halten wir alles als notwendig fest, was „immer, überall und von allen geglaubt worden ist". Die Übereinstimmung in diesem Glauben bekennen wir als das für die Einheit der Kirchen vor allem Notwendige. Dabei heben Größe und göttlicher Charakter dieser Einheit den von ihr umschlossenen Raum menschlicher Freiheit in Lehre und Zeugnis nicht auf. Alles jedoch, das Einigend-Notwendige und das nach dem Maß geschichtlicher Entwicklungen, menschlicher Einsichten und persönlicher Gewissensentscheidungen Verschiedene oder Offene, muss durchwaltet bleiben von der Liebe Gottes, die uns erschienen ist in Jesus Christus und ausgegossen wurde in unsere Herzen, damit wir Gott dem Vater vereint selbst Eins seien im Sohn durch den Heiligen Geist und so die Welt erkenne, was ihr zum Heile dient.

Für die Alt-Katholische Bischofskonferenz
Der Präsident: Dr. Andreas Rinkel Erzbischof von Utrecht
Der Sekretär: Dr. Urs Küry Katholischer Bischof, Bern
Utrecht und Bern, den 15. Dezember 1969

Die Erklärung der Bischofskonferenz 1969 zur Filioque-Frage

Der im Geist der gegenseitigen Liebe und Achtung eingeleitete Dialog mit der ehrwürdigen Orthodoxen Kirche des Ostens gibt der Internationalen Alt-Katholischen Bischofskonferenz Anlass, die kanonische und dogmatische Stellung der von ihr vertretenen Kirchen in der Frage des Ausganges des Heiligen Geistes in verbindlicher Weise darzulegen. Dies erscheint um so notwendiger, als die Änderung des ursprünglichen Textes des Glaubenssymbols durch den Zusatz „filioque" im Westen in einer Zeit der gegenseitigen Entfremdung zwischen der morgenländischen und der abendländischen Kirche erfolgt ist und zu vielfältigen, noch immer nicht völlig überwundenen Streitfragen Anlass gegeben hat.

I. Die Hinzufügung zum alten Symbol

In Übereinstimmung mit der auf der I. Bonner Unionskonferenz von 1874 angenommenen These erklären wir erneut: Die Art und Weise, in welcher das Filioque in das Nicaenisch-Konstantinopolitanische Glaubensbekenntnis eingeschoben wurde, war unkanonisch. Dieser Überzeugung gemäß haben alle Kirchen der Utrechter Union (die Kirchen in Holland, Deutschland, der Schweiz, Österreich, Jugoslawien, Polen, der CSSR und in Amerika) durch offizielle Entscheidungen ihres Lehramtes im Laufe der Zeit das Filioque aus dem offiziellen und einzig zugelassenen Glaubensbekenntnis entfernt.

II. Das kirchliche Dogma

Über die Frage des ewigen Ausganges des Heiligen Geistes lehrt uns die hl. Schrift, dass der Geist der Wahrheit vom Vater ausgeht (Jo 15,26). Das Konzil von Konstantinopel vom Jahre 381 hat diese Lehre des göttlichen Wortes in das Glaubensbekenntnis aufgenommen und ausgesprochen, dass der Heilige Geist aus dem Vater ausgeht. Die Alt-Katholische Kirche hat diese Lehre des ökumenischen Konzils stets als ihre eigene angenommen und billigt ihr den höchsten Grad dogmatischer Autorität zu.

Ferner halten wir daran fest, dass es in der allerheiligsten Dreifaltigkeit nur ein Prinzip und eine Quelle gibt, nämlich den Vater. Wir bejahen die ostkirchliche Formulierung, dass der Heilige Geist „aus dem Vater allein" ausgeht, wenn hinzugefügt wird, sofern der Vater Grund und Quelle der Gottheit ist. Weitere Gedanken über das Verhältnis des Sohnes als der zweiten Person der Heiligen Dreifaltigkeit zum ewigen Ausgang des Heiligen Geistes müssen sich in den Grenzen halten, die durch das trinitarische Dogma der alten Kirche gezogen sind.

Indem wir der Überzeugung Ausdruck geben, dass in der Glaubensfrage der Hl. Trinität zwischen der Orthodoxen und der Alt-Katholischen Kirche in den dogmatisch wesentlichen Punkten volle Übereinstimmung besteht, bitten wir Gott unseren Herrn, dass er uns durch seinen Heiligen Geist erleuchte und in der Wahrheit einige, damit wir gemeinsam in demselben Geist Gott den Vater durch seinen Sohn Jesus Christus anzubeten vermögen.

Im Namen der Internationalen Alt-Katholischen Bischofskonferenz

Der Präsident: Dr. Andreas Rinkel Erzbischof von Utrecht

Der Sekretär: Dr. Urs Küry Katholischer Bischof, Bern

Utrecht und Bern, den 15. Dezember 1969

Erklärung der alt-katholischen Bischöfe
zum 18. Juli 1970

Der Primat in der Kirche
Die Bischöfe der am Schluss aufgeführten, in der Utrechter Union ver-
einigten alt-katholischen Kirchen geben im Rückblick auf die am 18.
Juli 1870 erfolgte Verkündigung der Beschlüsse des I. Vatikanischen
Konzils über den universalen Jurisdiktionsprimat und die Lehrun-
fehlbarkeit des Bischofs von Rom und im Blick auf die heutige ökume-
nische Lage folgende Erklärung ab:
1. Übereinstimmend mit der grundlegenden Erklärung des ersten
Alt-Katholiken-Kongresses 1871 in München „bekennen wir uns zu
dem Primate des römischen Bischofs, wie er auf Grund der Schrift von
den Vätern und Konzilien in der alten, ungeteilten Kirche anerkannt
war". Eben deshalb halten wir auch an der „Utrechter Glaubenser-
klärung der Alt-Katholischen Bischofkonferenz von 1889" fest, in
welcher nach der Verwerfung der „Dekrete über die Unfehlbarkeit und
den Universalepiskopat des römischen Papstes" ausdrücklich gesagt
wird: „Das hindert uns aber nicht, den historischen Primat anzuneh-
men, wie denselben mehrere ökumenische Konzilien und die Väter der
alten Kirche dem Bischof von Rom als dem Primus inter pares (dem
Ersten unter gleichen) zugesprochen haben mit der Zustimmung der
ganzen Kirche des 1. Jahrtausends." Dabei sind wir uns bewusst, dass
diese Sätze der sachlichen Weiterführung und der Entfaltung für ein
volleres Verständnis des Primates in der Kirche bedürfen.
2. Wir anerkennen, dass nach dem Zeugnis der Schrift Petrus unter
den Aposteln, die von ihrem Herrn alle mit denselben Aufgaben und
Vollmachten betraut waren, als erster Bekenner der Gottessohnschaft
des Christus, als einer der Grundzeugen der Auferstehung und als lei-
tende Gestalt der Urgemeinde in grundlegenden Entscheidungssitua-
tionen als „Erster unter gleichen" deutlich hervortrat. Petrus, der nach
Matth 16, 16. 17 als erster die Gottessohnschaft Jesu bekennt, wird von
diesem „Fels" genannt. Als dieser Fels wird er dadurch erwiesen, dass
die anderen ihm zur Seite treten. Er erhält darum nach Luk 22, 32
den Auftrag, den Glauben seiner Brüder zu stärken und wird nach Joh
21, 17 besonders nachdrücklich mit der alle umfassenden Hirtenauf-
gabe betraut. Wie der Apostolat ist der an Petrus ergangene, besondere
Auftrag einmalig, doch behält Petrus als „Fels" für die Kirche und ihre
Einheit bleibende, zeichenhaft wegweisende Bedeutung.

3. In Übereinstimmung mit der alten Kirche sind wir der Überzeugung, dass in den örtlichen Kirchen, die von Bischöfen, Metropoliten und Patriarchen geleitet werden, die eine und ganze Kirche gegenwärtig ist und dass diese Kirche in der Gesamtheit der Bischöfe ihre Repräsentanten und Hirten besitzt, unter denen dem Bischof von Rom ein Vorrang zugesprochen wurde, der so zum Zeichen der Einheit erwuchs. Geschichtlich tritt schon früh die römische Gemeinde mit ihren Bischöfen im Gemeinschaftsleben der ganzen Kirche hervor, mitbestimmt durch die Verehrung der Märtyrerapostel Petrus und Paulus und die Vorrangstellung der Hauptstadt des Weltreiches. Erst nach und nach verbindet sich damit die Berufung auf die besondere Stellung des Petrus und auf die Petrusstellen des Neuen Testamentes für den Ehrenvorrang des römischen Bischofs. Gerade diese Berufung aber auf die Schrift als Zeugnis göttlicher Offenbarung verpflichtet ein von daher als bleibender Auftrag verstandenes Amt in besonderer Weise zur dienenden Verbindung mit allen Bischöfen und mit allen Kirchen. Deshalb können wir in der Ausübung des Primates nur insofern die Erfüllung des Willens Christi für seine Kirche erkennen, als sie dazu dient, die ganze Kirche in der Wahrheit und in der Liebe zu festigen, wobei nach dem Wort Papst Gregors I. der Primatsträger nicht „Universalbischof" über allen, sondern nur „Diener der Diener Gottes" für alle sein darf.

4. Dies behält seine Bedeutung für die ganze Geschichte des römischen Primates und stellt ihn unter den Anspruch eines Dienstamtes der Einheit. In dem Maße aber, wie dieser Anspruch nicht erfüllt wurde, kam es in der Kirche nicht nur zu Spaltungen, sondern auch zu einem einseitig rechtlichen Verständnis des Primates, das zum Schaden der ursprünglichen Dienstaufgabe und zum Nachteil der ökumenischen Einheit der Kirche im I. Vatikanum dogmatisch festgelegt wurde.

5. Deshalb erklären wir, dass in der Kirche der Einspruch gegen diese Festlegung zu Recht erfolgt ist. Wir können das I. Vatikanische Konzil wegen der fehlenden Mitwirkung aller Kirchen, vor allem der Ostkirchen, nicht als ökumenisch betrachten. Wir können es auch deshalb nicht anerkennen, weil es in der damaligen Kirche an der nötigen offenen Vorbereitung fehlte und dadurch in seiner Primatslehre das Zeugnis von Schrift und Überlieferung nicht ausreichend zur Geltung kam. Deshalb sehen wir uns auch heute noch genötigt, in unserer altkatholischen kirchlichen Existenz ein Zeugnis abzulegen für den wesenhaft bischöflichen und konziliaren Charakter der Kirche.

6. Mit Freude und mit großer Dankbarkeit gegenüber dem Herrn der Kirche dürfen wir nun aber feststellen, dass durch das II. Vatikanische Konzil ein Anfang zur Wiedergewinnung der Konziliarität und der kollegialen Leitung der Kirche gemacht wurde. Mit Freude sehen wir auch, dass ein neues Hören auf die Heilige Schrift und die Überlieferung eingesetzt hat und es schon auf dem Konzil zu einer neuen Begegnung der römischen Kirche mit den getrennten Kirchen und nicht zuletzt auch den uns anvertrauten Kirchen gekommen ist.

Wir bedauern jedoch, dass das neue Konzil die Dekrete des I. Vatikanums ohne ausreichende Prüfung an Schrift und Überlieferung nochmals bestätigt hat und dass deshalb die schwerwiegenden Nachteile eines sich auf das I. Vatikanum berufenden Autoritätsdenkens noch immer nicht überwunden sind. Dennoch hoffen wir fest, dass die Entwicklung zur konziliaren Gemeinschaft aller Kirchen weitergeht, einer Gemeinschaft, in der der ursprüngliche Petrusdienst des Primates eine neue Erfüllung finden wird. Darum bitten wir alle Christen und ganz besonders alle Bischöfe und verantwortlichen Leiter der Kirchen, sich immer mehr ihrer gemeinsamen Verantwortung bewusst zu werden für das Möglichwerden eines neuen, wirklich universalen Konzils, das für alle Christen sprechen und Entscheidungen treffen könnte.

Am Fest der heiligen Apostel Petrus und Paulus, 29. Juni 1970
Namens der Bischöfe der alt-katholischen Kirchen Hollands, Deutschlands, der Schweiz, Österreichs, der Tschechoslowakei, Kroatiens und der Polnischen Katholischen Nationalkirche in Amerika
Urs Küry, Bischof, Bern
Andreas Rinkel, Erzbischof von Utrecht

Die Kirchengemeinschaft
mit der anglikanischen Kirche

Intensive Gespräche und Beziehungen gab es besonders zur anglikanischen Kirchengemeinschaft.

Schon 1867 hatte die anglikanische Gemeinschaft den internationalen Zusammenschluss der Konfessionen im Sinne von Konfessionsfamilien befürwortet. So lag nahe, dass Döllinger, der bereits vor 1870 Verbindungen zu den Anglikanern hatte, schon 1871 bis 1875 mit ihnen in ökumenische Gespräche eintrat. Der Dialog wurde fortgeführt und wird im Folgenden dokumentiert.

Der weitere Weg führte 1931 zum „Bonner Abkommen" (Bonn Agreement) zwischen den Kirchen der anglikanischen Gemeinschaft und allen alt-katholischen Kirchen der Utrechter Union. Die Art und Weise der Übereinstimmung ist ein ökumenisches Modell, das aufzeigt, wie aus Kommuniongemeinschaft Kirchengemeinschaft wachsen kann. Als Ergebnis der vorangehenden theologischen Gespräche wurde die Übereinstimmung in allen wesentlichen Glaubensfragen festgestellt. Entscheidend waren die vier Punkte des „Lambeth-Quadrilateral" von 1888: die Heilige Schrift, Taufe und Eucharistie als Hauptsakramente, das Glaubensbekenntnis und das historische Bischofsamt.

Erklärung der Lambeth-Konferenz von 1878

Die Tatsache, dass in so manchen Kirchen und christlichen Gemeinschaften auf der Welt gegen die Anmaßungen des römischen Stuhles und gegen die neuen, unter seiner Autorität verkündeten Doktrinen feierlicher Protest erhoben wird, verpflichtet uns zum Dank gegen Gott den Allmächtigen. Alle Sympathie schuldet die anglikanische Kirche den Kirchen und Personen, welche gegen diese Irrtümer protestieren und gewiss unter besonderen Schwierigkeiten arbeiten, Schwierigkeiten, die ihnen durch die Angriffe von Ungläubigen so gut wie durch die Prätentionen Roms bereitet werden. (Ablehnung der vatikanischen Dekrete.) Die Grundsätze, nach denen sich die Kirche von England selbst reformiert hat, sind wohlbekannt. Wir proklamieren das Genügendsein und die Suprematie der Hl. Schriften als oberster Regel des Glaubens und empfehlen unserem Volke das fleißige Studium derselben. Wir bekennen unseren Glauben mit den Worten der

alten katholischen Glaubensbekenntnisse. Wir halten die apostolische
Ordnung der Bischöfe, Priester und Diakonen fest. Wir behaupten
die rechtmäßigen Freiheiten der Einzelkirchen oder Nationalkirchen.
Wir versehen unser Volk mit einem in seiner Sprache geschriebenen
Buche der öffentlichen Gebete und Formeln für die Ausspendung der
Sakramente, dasselbe befindet sich in Übereinstimmung mit den be-
sten und ältesten Grundbüchern des christlichen Glaubens und Got-
tesdienstes. Diese Dokumente liegen der Welt vor Augen und können
von jedermann kennengelernt und gelesen werden. Wir begrüßen
mit Freuden jedes Streben nach einer Reform nach dem Muster der
alten Kirche. Wir verlangen keine strenge Einförmigkeit, wir wollen
keine nutzlosen Trennungen; denen, welche uns nahe kommen in
dem Eifer, sich zu befreien von dem Joche des Irrtums und des Aber-
glaubens, bieten wir bereitwillig alle Hilfe und solche Privilegien,
die für sie annehmbar sind und bei welchen unsere Prinzipien, wie
sie in unseren Formularien ausgesprochen sind, bestehen können.

Erklärung der Lambeth-Konferenz von 1888

Die Konferenz erkennt die würdige und unabhängige Stellung der alt-
katholischen Kirche von Holland mit Dankbarkeit an und hofft auf
einen häufigen brüderlichen Verkehr mit derselben, um viele von den
Scheidewänden, die uns jetzt noch trennen, hinwegzuräumen. Wir be-
trachten es als eine Pflicht, freundschaftliche Beziehungen mit der alt-
katholischen Kirchengemeinschaft in Deutschland und mit der christ-
katholischen Kirche in der Schweiz zu unterhalten und zu fördern,
und zwar nicht nur aus Sympathie mit ihnen, sondern auch aus Dank-
barkeit gegen Gott, der sie gestärkt hat, unter großen Hindernissen,
Schwierigkeiten und Versuchungen für die Wahrheit zu leiden; und
wir bieten ihnen hiermit die Rechte an, welche der zu diesem Zweck er-
wählte Ausschuss empfohlen hat, unter der Voraussetzung, dass sie die
in dem Berichte des Ausschusses aufgezählten Bedingungen erfüllen.
Die Opfer, die von den Alt-Katholiken in Österreich gebracht werden,
verdienen unsere Sympathie, und wir hoffen, dass, wenn ihre Organi-
sation erprobter und vollendet ist, eine formellere Beziehung zu ihnen
als möglich befunden wird.
Ohne uns in die Rechte der Bischöfe der katholischen Kirche, in Fällen
äußerster Notwendigkeit handelnd einzugreifen, mischen zu wollen,
missbilligen wir jede Handlung, die ursprüngliche und feststehende

Grundsätze kirchlicher Jurisdiktion und die Interessen der ganzen an-
glikanischen Gemeinschaft außer acht lässt. Wir sehen keinen Grund
ein, weshalb wir ihren Klerus und ihre gläubigen Laien nicht unter
denselben Bedingungen wie unsere eigenen Kommunikanten zur hl.
Kommunion zulassen sollten, und wir anerkennen die Bereitwillig-
keit, die sie gezeigt haben, Mitgliedern unserer eigenen Kirche geistli-
che Vergünstigungen anzubieten.

Erklärung der Lambeth-Konferenz von 1897

Wir erkennen mit warmer Sympathie die Bestrebungen, die darauf
zielen, der usurpierten Autorität des römischen Stuhles zu entrinnen,
wie wir selbst vor drei Jahrhunderten die Freiheit gewonnen haben.
Wir wissen wohl, dass solche Bewegungen bisweilen damit endigen,
dass sie nicht nur den Gehorsam gegen Rom, sondern die katholische
Kirche selbst, die Lehre von den Sakramenten, sogar wichtige Lehren
der Bekenntnisse aufgeben. Wir dürfen aber nicht im voraus anneh-
men, dass Menschen auf falsche Wege geraten, bevor sie einen Schritt
dazu getan haben. Es geschieht mit Vertrauen, wenn wir unsern war-
men Wünschen für freundliche Beziehungen mit der alt-katholischen
Gemeinschaft in Deutschland, mit der christkatholischen Kirche in
der Schweiz und mit den Alt-Katholiken in Österreich Ausdruck ver-
leihen. In Übereinstimmung mit den Gefühlen, die die Bischöfe auf der
letzten Konferenz geäußert haben, betrachten wir es als unsere Pflicht,
die freundlichen Beziehungen zu der alt-katholischen Gemeinschaft
in Deutschland, der christkatholischen Kirche der Schweiz aufrecht
zu erhalten und zu fördern, indem wir sie unserer Sympathie, unse-
rer Dankbarkeit gegen Gott versichern, der ihnen zu ihren Bestrebun-
gen zur Erhaltung des ursprünglichen Glaubens und der Verfassung
Ausdauer verliehen und ihnen in allen Enttäuschungen, Schwierig-
keiten und Versuchungen seinen Segen gegeben hat, so dass sie ihre
Grundsätze behaupten, ihre Gemeinden vermehren und ihre Kirchen
vergrößern konnten. Wir fahren fort, die religiösen Vergünstigungen
anzubieten, durch welche der Klerus und die gläubigen Laien zur hl.
Kommunion zugelassen werden, zu denselben Bedingungen wie un-
sere Kommunikanten. Wir geben neuerdings der Hoffnung Ausdruck
auf formellere Beziehungen mit den Alt-Katholiken in Österreich, so-
bald ihre Organisation vollendet ist.

Anerkennung der anglikanischen Weihen durch die Kirche von Utrecht

Im Juni 1925 erklärte die alt-katholische Kirche von Holland, die bisher die Gültigkeit der anglikanischen Weihen in Zweifel zog, deren Anerkennung mit folgenden Worten:

Wir glauben, dass die Kirche von England stets die bischöfliche Leitung der alten Kirche beibehalten wollte und dass das Weiheformular Eduards VI. als gültig zu betrachten ist. Wir erklären daher ohne jeden Vorbehalt, dass die apostolische Sukzession in der Kirche von England nicht unterbrochen wurde.

Anerkennung der anglikanischen Weihen durch die Internationale alt-katholische Bischofskonferenz

Die Konferenz der in der Utrechter Union vereinigten alt-katholischen Bischöfe nimmt in ihrer Sitzung vom 2. September 1925 in Bern Kenntnis von der Anerkennung der Weihen der Kirche von England durch die Kirche von Utrecht, sie pflichtet dem Entscheid bei, der mit früheren Erklärungen alt-katholischer Gelehrter und Bischöfe Deutschlands und der Schweiz übereinstimmt, und gibt der Hoffnung auf eine künftige engere Gemeinschaft mit der Kirche von England und ihren Tochterkirchen auf wahrhaft katholischem Boden Ausdruck.

Protokoll der Unionskonferenz vom 2. Juli 1931 in Bonn

1. Jede Kirchengemeinschaft anerkennt die Katholizität und Selbständigkeit der andern und hält ihre eigene aufrecht.
2. Jede Kirchengemeinschaft stimmt der Zulassung von Mitgliedern der andern zur Teilnahme an den Sakramenten zu.
3. Interkommunion verlangt von keiner Kirchengemeinschaft die Annahme aller Lehrmeinungen, sakramentalen Frömmigkeit oder liturgischen Praxis, die der anderen eigentümlich ist, sondern schließt in sich, dass jede glaubt, die andere halte alles Wesentliche des christlichen Glaubens fest.

1. Each Communion recognizes the catholicity and indepedence of the other and maintains its own.
2. Each Communion agrees to admit members of the other Communion to participate in the Sacraments.
3. Intercommunion does not require from either Communion the acceptance of all doctrinal opinion, sacramental devotion or liturgical practice characteristic of the other, but implies that each believes the other to hold all the essentials of the Christian faith.

Nach dieser Formel wurde auch am 21. September 1965 in Wien die volle Sakramentsgemeinschaft mit den bischöflichen Kirchen Spaniens, Portugals und der Philippinen geschlossen. Im dritten Artikel der entsprechenden Texte ist das Wort „Intercommunion" durch „Full Communion" (volle Sakramentsgemeinschaft) ersetzt worden.

Der dritte Grundsatz macht deutlich, dass eine so verstandene Interkommunion nichts vom Eigenleben der Kirchen wegnimmt oder verwischt, sondern dass sie vielmehr gemeinsam Abbild des Reichtums und der Fülle Christi sind und Einheit in Christus darstellen. Die alt-katholischen Kirchen stehen heute in voller Kirchen- und Sakramentsgemeinschaft mit den Anglikanern bis hin zum Pfarrertausch. Die Utrechter Union ist in der Lambeth-Konferenz und im Anglican Consultative Council (ACC) vertreten.

Ökumene

Ökumenischer Rat der Kirchen

Es war wie ein Symbol für die Einmündung der alt-katholischen internationalen theologischen Unionsbewegung in die 1910 auf Anregung der anglikanischen Episkopalkirche der USA entstandene ökumenische Bewegung, als 1920 in Genf der Bischof der Schweiz und letzte noch lebende alt-katholische Teilnehmer an der Bonner Unionskonferenz von 1875, Professor Dr. Eduard Herzog, als Ehrenpräsident die Präliminarversammlung der Weltkonferenz über Glauben und Kirchenverfassung liturgisch eröffnen und offiziell begrüßen, die Wahl des Präsidenten leiten und ihr den Schlussegen erteilen durfte, der ersten weltweiten Kirchenkonferenz nach Jahrhunderten der Trennung, an der 133 offizielle Delegierte von über 80 Kirchen aus über 40 Ländern teilnahmen. Hier wurde die erste ständige Kommission für Glauben und Kirchenverfassung eingesetzt, in der die alt-atholische Kirche seitdem vertreten ist.

Auf der vorgezeichneten Linie gestaltet sich auch heute die Mitarbeit der Alt-Katholischen Kirche an der Ökumenischen Bewegung und im Weltkirchenrat, indem sie auf dem Boden der „altkirchlichen Ökumene" stehend für eine „christozentrisch-katholische Ökumenizität" (Urs Küry) eintritt, wobei sie sich hierin besonders mit der Orthodoxen und der Anglikanischen Kirche im gemeinsamen Bekenntnis verbunden fühlt.

Das Wort stammt aus dem Griechischen und heißt übersetzt „die ganze bewohnte Erde". Die Welt ist der Ort der Kirche Jesu Christi. Die erste Versammlung (Konzil) der Vertreter aller Lokalkirchen nannte man „ökumenisch", d. h. ihre Entscheidungen galten für die ganze Kirche. Der Ausdruck steht für die Wirklichkeit der „einen, heiligen, katholischen (nicht „römisch-katholischen") und apostolischen Kirche". Heute meinen wir mit Ökumene auch die Bemühungen um die Einheit der christlichen Kirchen als Einheit in der Vielfalt oder als konziliare Gemeinschaft gleichberechtigter Einzelkirchen. Die ganze Kirche soll das Evangelium der ganzen Welt bringen. Inzwischen haben sich die Kirchen weltweit auf den Weg des konziliaren Prozesses für Gerechtigkeit, Frieden und Bewahrung der Schöpfung gemacht. Es wäre ein Traum, wenn sich die ganze Weltchristenheit in versöhnter Eintracht in einem Weltkonzil oder einer Weltversammlung zusammenfinden könnte. (Dabei könnte der Bischof von Rom in Gemeinschaft mit den anderen Patriarchen den Ehrenvorsitz innehaben.) Damit sind wir bei den Problemen der Ökumene. Die römisch-katholische Kirche ist z. B. nicht Mitglied des Ökumenischen Rates der Kirchen (ÖRK), der 1948 gegründet wurde, und doch bekennt sich das II. Vatikanische Konzil zur Ökumene. Die Orthodoxie, zu der viele selbstständige Kirchen zählen, arbeitet aktiv im ÖRK mit, stellt aber zugleich für sich fest, die Wahrheit der heiligen Schriften und der Vätertradition unverändert beibehalten zu haben. Dahinter verbirgt sich der leise Anspruch, die nicht-orthodoxen Kirchen sollten eigentlich wieder „orthodox" (rechtgläubig) werden. Vom Standpunkt der römisch-katholischen Kirche aus meint man vielfach die „Vatikanische Ökumene", d. h. alle nicht-römischen Kirchen sollten eigentlich unter die geistliche Oberherrschaft des Papstes zurückkehren. Ob dies jemals der Fall sein wird?

Damit sind die unterschiedlichen Motive und zugleich auch die Einseitigkeiten und Grenzen der Ökumene angesprochen. Erschwerend kommt hinzu, dass heute die Basis oft etwas anderes meint und praktiziert, als es die offiziellen Kirchen und Theologien vertreten. Ferner findet in Europa eine Abwendung von der Kirche überhaupt statt. Dem Abbau von Ängsten, der Überwindung weitverbreiteter Gleichgültigkeit, dem gegenseitigen Kennenlernen und der gegenseitigen Annäherung und Anerkenntnis der christlichen Bekenntnisse wollen deshalb der ÖRK und die „Arbeitsgemeinschaft Christlicher Kirchen" (ACK) dienen. Die Alt-Katholiken sind seit der Gründung des ÖRK im Jahre 1948 überall maßgeblich beteiligt. Natürlich gibt es auch eine Reihe entscheidender theologischer Fragen zu klären. Welche Bedeutung hat z. B. die ununterbrochene apostolische Amtsnachfolge im bischöflichen Dienst (Sukzession)? Gibt es auf der anderen Seite nicht auch ein inhaltliches Weitergeben dessen, was „apostolisch" ist und meint?

Ignaz von Döllinger hatte bereits 1848 als Abgeordneter in der Frankfurter Paulskirche die Erkenntnis: Freiheit der Kirche und Friede der Konfessionen im Staat gehören zusammen. Weltfriede ohne Christenfrieden ist nicht möglich. In einem Brief vom 13. Oktober 1874 hinterließ er das Vermächtnis, als „Werkzeug(e)... einer künftigen Wiedervereinigung der getrennten Christen... zu dienen". Diesem Friedenswerk sind wir bis heute verpflichtet.

Unionsgespräche mit der Orthodoxie

Entschließung der Interorthodoxen Theologischen Kommission für den Dialog mit den Alt-Katholiken angenommen von der IV. Panorthodoxen Konferenz 1966 in Belgrad

Über die orthodox/alt-katholischen Lehrübereinstimmungen

„In der Utrechter Erklärung von 1889, in der die Alt-Katholiken ihren Wunsch und Entschluss bekunden, an dem Glauben der alten Kirche festzuhalten, wie er in den ökumenischen Symbolen und in den allgemein anerkannten dogmatischen Entscheidungen der ökumenischen Synoden der ungeteilten Kirche des ersten Jahrtausends ausgesprochen ist, und an der Heiligen Tradition festzuhalten, wie sie Vinzenz von Lerin in dem Satze definiert hat: „Das sollen wir festhalten, was überall, was immer und was von allen geglaubt worden ist", sowie nach den bisher zwischen den Alt-Katholiken und den Orthodoxen geführten theologischen Verhandlungen erweisen sich die Alt-Katholiken in dem Folgenden in voller oder teilweiser Übereinstimmung mit den Orthodoxen:

1. In der Ablehnung der neuen Dogmen der Römisch-Katholischen Kirche über die Unfehlbarkeit und den Primat des Bischofs von Rom.
In der gebotenen Weglassung des antikanonisch und unrechtmäßig eingeführten Zusatzes „und vom Sohne" (Filioque) im heiligen Glaubensbekenntnis.
In der Ablehnung der Erklärung Pius IX. vom Jahre 1854 über „die unbefleckte Empfängnis" der Gottesmutter, als in der Heiligen Schrift und der alten Heiligen Tradition nicht begründet.
In der Ablehnung der Lehre der Römisch-Katholischen Kirche von „den überschüssigen guten Werken" (opera supererogationis), vom Schatz der überfließenden Verdienste der Heiligen, von den Ablässen und vom Fegfeuer.
In der Ablehnung des allgemeinen Zwangszölibats der Geistlichkeit sowie auch der Verwendung einer den Gläubigen unbekannten und unverständlichen Sprache im Gottesdienst.
In der Ablehnung der nach 1054 abgehaltenen lateinischen Synoden und ihrer Kanones.

Außerdem brachten die Alt-Katholiken die Annahme folgender Lehren zum Ausdruck:

Die Heilige Schrift und die Heilige Tradition sind die beiden Quellen des christlichen Glaubens, wobei die Heilige Tradition definiert wird als „Erklärung und Ergänzung der Heiligen Schrift durch die einmütige schriftliche Überlieferung der Alten Kirche".

Der Kanon der Heiligen Schrift besteht aus den inspirierten Büchern des Alten und Neuen Testaments und aus den deuterokanonischen oder lesenswerten Büchern des Alten Testaments, wobei diese letzteren nicht als apokryph, sondern als lesenswerte Erbauungsbücher angesehen werden; es versteht sich von selbst, dass keine Übersetzung der Heiligen Schrift eine höhere Autorität beanspruchen kann, als der Grundtext.

Das Nizäno-Konstantinopolitanische Glaubensbekenntnis (ohne den Zusatz des Filioque) ist das offizielle Glaubensbekenntnis; zugleich wird auch das sogenannte Apostolische Glaubensbekenntnis als Taufsymbol anerkannt.

Die dogmatischen Entscheidungen der sieben Ökumenischen Konzile und der von den Ökumenischen Konzilen bestätigten Lokalsynoden werden anerkannt.

Die Notwendigkeit der apostolischen Sukzession in der Kirche wird anerkannt, zumindest theoretisch.

Allgemein wird die Lehre von der Heiligen Dreifaltigkeit anerkannt, die als das große Glaubensgut der Christenheit bezeichnet wird und zu deren Festlegung die Kirche volle fünf Jahrhunderte Mühe verwandt hat, wobei der orthodoxe Glaube bekannt wird an einen und denselben Christus, den Sohn und Herrn, den Einziggeborenen, der in zwei Naturen unvermischt, unverwandelt, ungeteilt und ungetrennt besteht und das einzige Haupt der Kirche ist.

Aus der Lehre von der Kirche wird anerkannt: Die Kirche wurde von unserem Herrn Jesus Christus selbst durch die Herabkunft des Heiligen Geistes am Pfingsttag gegründet. Die Kirche ist als Hüterin in Glauben und Moral für die Gläubigen autoritativ. Die Kirche steht daher in der Auslegung über der Heiligen Schrift, nicht die Heilige Schrift über der Kirche. Die Kirche ist verpflichtet, auf Grund von Schrift und Tradition zu lehren, „was überall, was immer und was von allen geglaubt worden ist". Die Kirche entscheidet durch die Ökumenischen Konzile autoritativ über die kirchliche Lehre. Die Kirche hat *aber nicht das Recht, neue Lehren zu verkünden, die nicht in Schrift und Tradition begründet sind.*

Die Bedingung der Rechtfertigung ist „der durch die Liebe wirksame Glaube, nicht der Glaube ohne die Liebe".

Die Siebenzahl der Sakramente wird anerkannt; dabei soll die Taufe als Aufnahme in die Kirche und die Heilige Eucharistie als Zentrum und Verbindungsgnade aller Christen hervorgehoben sein.

Die Ehrung und Verehrung der Gottesmutter und der Heiligen wird angenommen; ihre Verehrung wird anerkannt, namentlich die Ehrung der Gottesmutter, die auch in der Liturgie besonders hervorgehoben wird; nur die in der Römisch-Katholischen Kirche aufgetretenen Missbräuche in der Heiligenverehrung werden abgelehnt.

Die Ehrung der heiligen Bilder (Ikonen) und Reliquien wird anerkannt, sofern diese Ehrung nicht der Materie, sondern der durch sie dargestellten Person gilt.

Das Fasten wird anerkannt, das auf den Freitag und die österliche Fastenzeit beschränkt wird.

Das Gebet für Verstorbene wird anerkannt, wobei erklärt wird, „man betet für die Verstorbenen um Gottes Barmherzigkeit, alles übrige bleibt ein Mysterium"."

Ökumene mit den evangelischen Kirchen in Deutschland

Vereinbarung über eine gegenseitige Einladung zur Teilnahme an der Feier der Eucharistie

Eine vom Rat der Evangelischen Kirche in Deutschland in Absprache mit der Arnoldshainer Konferenz der Vereinigten Evangelisch-Lutherischen Kirche Deutschlands einerseits und vom Katholischen Bistum der Alt-Katholiken in Deutschland andererseits gebildete gemeinsame Gesprächskommission hat den nachfolgenden Text einer Vereinbarung zur gegenseitigen Einladung zum Heiligen Abendmahl erarbeitet:

1. Gemeinsam bekennen die beteiligten Kirchen Gott als den Schöpfer des Himmels und der Erde, der seinen Sohn Jesus Christus als Herrn und Erlöser gegeben hat und uns durch den Heiligen Geist Anteil an seinem Leben schenkt. Sie warten auf die Wiederkunft ihres Herrn, der seine Kirche zur Vollendung führt und alles neu schaffen wird.

2. Sie halten am Kanon der heiligen Schrift fest und bekennen den Glauben, wie er im apostolischen und im nicaenisch-konstantinopolitanischen Bekenntnis bezeugt ist. Sie stehen auf dem Boden der trinitarischen und christologischen Lehre der großen Konzilien von Nicäa, Konstantinopel, Ephesus und Chalkedon.

3. Gemeinsam bekennen sie: wir werden vor Gott als gerecht erachtet und gerecht gemacht allein aus Gnade durch den Glauben aufgrund des Heilswerkes unseres Herrn Jesus Christus und nicht aufgrund unserer eigenen Werke und Verdienste. Die Kirche ist daher die Gemeinschaft gerechtfertigter Sünder, die durch den Heiligen Geist dazu befähigt werden, ein Leben des Dienstes für alle Menschen und des Lobes Gottes, des Vaters, des Sohnes und des Heiligen Geistes, zu führen.

4. Gemeinsam bekennen sie, dass der gekreuzigte und auferstandene Herr unter der Verheißung seiner Gegenwart der Kirche den Auftrag gibt, Gottes Heil der Welt zu bringen. Sie bekennen die eine Taufe, die im Namen des Vaters und des Sohnes und des Heiligen Geistes mit Wasser vollzogen wird. In ihr schenkt der dreieinige Gott dem der Sünde und dem Tode verfallenen Menschen neues Leben und gliedert ihn in sein Volk ein. Durch die Taufe hat der Herr allen Gläubigen Anteil an seiner Sendung und an seinem Priestertum gegeben und sie mit einer Fülle von Geistesgaben ausgestattet, damit die Verkündigung des Evangeliums und die Auferbauung der Kirche durch alle Zeiten weitergeht.

5. Sie bewahren den aus der Sendung der Apostel hervorgehenden Dienst des besonderen Amtes, das der Herr seiner Kirche gegeben hat. Dieses Amt trägt mit der Gesamtheit der Gläubigen ständig und öffentlich Sorge für die Verkündigung des Evangeliums, die Verwaltung der Sakramente und für die Leitung und die Einheit der Kirche. In dieser Kontinuität mit den Aposteln und ihrer Verkündigung wird die reine apostolische Lehre und die rechte Verwaltung der Sakramente gewahrt.

6. Sie feiern die Eucharistie, das von Jesus Christus eingesetzte Mahl des neuen Bundes, in dem er seinen Leib und sein Blut unter den sichtbaren Zeichen von Brot und Wein der Gemeinde schenkt. In dieser Feier erfährt die Gemeinde Gottes Liebe in Jesus Christus, verkündet den Tod des Herrn und preist seine Auferstehung, bis er wiederkommt und sein Reich zur Vollendung bringt. Dies findet seinen Ausdruck im Eucharistiegebet, in dem der Einsetzungsbericht mit dem Dank an den Vater, dem Gedächtnis des Heilswerkes Christi (Anamnese) und der Anrufung des Heiligen Geistes (Epiklese) verbunden ist. Gemäß der Lehre der beteiligten Kirchen wird die Eucharistiefeier von Ordinierten geleitet. Gemeinschaft im Herrenmahl verpflichtet die Kirchen darauf zu achten, dass die Praxis dieser Lehre entspricht. Die beteiligten Kirchen halten einen angemessenen Umgang mit den nach der Feier übrigbleibenden Gaben für geboten.

Die bisher festgestellten grundlegenden Übereinstimmungen erlauben uns, die Glieder unserer Kirche gegenseitig zur Teilnahme an der Eucharistie einzuladen. Durch diese Einladung wollen die beteiligten Kirchen dem Gebot Jesu Christi gehorsam sein, dass seine Kirche einig und eine sei. Indem sie ein Zeichen dieser Einheit setzen und einen Schritt auf diese Einheit hin tun, bezeugen sie vor aller Welt den dreieinigen Gott als den einzigen Herrn.

Die Kommission bittet die beteiligten Kirchen, auf der Grundlage der vorstehenden Vereinbarung der gegenseitigen Einladung zur Teilnahme an der Feier der Eucharistie zuzustimmen. Sie stellt fest, dass die in den beteiligten Kirchen vorhandenen Ordnungen für die Ausübung des pfarramtlichen Dienstes und des Gemeindelebens in Geltung bleiben.

Hannover, den 29. März 1985

D. Eduard Lohse, Hannover; +Josef Brinkhues, Bonn; Dr. Hans-Gernot Jung +, Kassel; Dr. Christian Oeyen, Siegburg; D. Karlheinz Stoll, Schleswig; Konrad Liebler, Nürnberg; Dr. Gottfried Seebaß, Heidelberg; Dr. Sigisbert Kraft, Karlsruhe; Manfred Kießig, Hannover; Edgar Nickel, Freiburg; Jan Rohls, München; Dr. Michael Dömer, Frankfurt; Dr. Hartmut Löwe, Hannover; Bernhard Heitz, Rosenheim

Nach dem Zweiten Vatikanischen Konzil

Das Zweite Vatikanische Konzil hat in seiner 1964 verabschiedeten dogmatischen Konstitution über die Kirche das Primatsdogma von 1870 ausdrücklich in allen Punkten bestätigt. Wörtlich sagt das Konzil: „Diese Lehre über Einrichtung, Dauer, Gewalt und Sinn des dem Bischof von Rom zukommenden heiligen Primates sowie über dessen unfehlbares Lehramt legt die Heilige Synode abermals allen Gläubigen fest zu glauben vor. Das damals Begonnene fortführend, hat sie sich entschlossen, nun die Lehre von den Bischöfen, den Nachfolgern der Apostel, die mit dem Nachfolger Petri, dem Stellvertreter Christi und sichtbaren Haupt der ganzen Kirche, zusammen das Haus des lebendigen Gottes leiten, vor allen zu bekennen und zu erklären."

Neben dem Papst als alleinigem und ausschließlichem Träger der unfehlbaren Höchstgewalt, wie es 1870 festgestellt wurde, wird nun vom Zweiten Vatikanum das Bischofskollegium, dessen Haupt aber immer und notwendigerweise wiederum der Papst sei, gesetzt und von diesem erklärt: „Es ist ebenfalls Träger der höchsten und vollen Gewalt über die ganze Kirche" und besitze auch die Unfehlbarkeit. Wie diese, in sich durchaus widersprüchliche Lehre nun aber wieder zu deuten sei, darüber zerbrechen sich die Theologen den Kopf. Auf dem Zweiten Vatikanum selbst wiesen eine Reihe von Bischöfen auf die Widersprüchlichkeit einer doppelten kirchlichen Höchstgewalt des Papstes allein und des Papstes mit dem Bischofskollegium hin, wobei sie allerdings das Papstdogma von 1870 allein aufrecht erhalten sehen wollten.

Der auf dem Zweiten Vatikanum gemachte Versuch, die altkirchliche Episkopallehre wieder zur Geltung zu bringen, musste jedoch scheitern, solange man das Vatikanische Primatsdogma von 1870 weiter aufrecht hielt; denn dieses ist es, das mit der altkirchlichen Lehre vom Bischofskollegium unvereinbar ist.

So versuchte das II. Vatikanum zwar eine gewisse Ergänzung und Korrektur des I. Vatikanums, indem es die Stellung des Kollegiums der Bischöfe betonte, den Willen zur Wiedervereinigung der Kirchen bekundete und den Ortskirchen den Gebrauch der Landessprache in der Liturgie gestattete; die Überwindung des päpstlichen Unfehlbarkeitsdogmas und der Universaljurisdiktion wurde jedoch nicht verwirklicht. Im Nachhinein, vor allem mit dem Pontifikat Johannes Pauls II., erwies sich der Wille des Vatikans zu einer zentralistischen Kirchenleitung in der Praxis als ungebrochen. Die alt-katholische Kirche ist der Auffassung, dass sich die Meinungsverschiedenheiten und Trennungen zwischen den christlichen Kirchen nur durch ein allgemeines ökumenisches Konzil, das seinem Namen gemäß wirklich alle christlichen Kirchen der Welt einlädt, beheben lassen. Sie vereint sich in der Forderung nach einem solchen Konzil mit den Appellen Martin Luthers von 1518 und 1520 und der Utrechter Kirche von 1723.

Während sich auf Seiten der römisch-katholischen Kirche weiterhin keine Öffnung abzeichnet, ist in der alt-katholischen Kirche der Prozess der Erneuerung fortgeschritten: 1985 wurde in einem ersten Schritt das Amt für Frauen geöffnet und die erste Diakonin geweiht. Nach einem langen, ausführlichen Diskussionsprozess auch in Abstimmung mit der anglikanischen Kirchengemeinschaft entschied die Bistumssynode im Jahr 1994, Frauen auch zum Amt der Priesterin und Bischöfin zuzulassen; am Pfingstmontag 1996 wurden in Konstanz die ersten beiden Frauen zu Priesterinnen geweiht.

Katholisches Bistum der Alt-Katholiken in Deutschland

http://alt-katholisch.de

Bischöfliches Ordinariat, Gregor-Mendel-Str. 28, 53115 Bonn, 0228-23 22 85, Fax 228-23 83 14

Pfarrgemeinden und weitere *Gottesdienstorte* (Stand 1.1.2009)

Aachen
Aalen
Andernach
Aschaffenburg
Augsburg
Baden-Baden
Bad Säckingen
Bad Schwartau
Bad Tölz
Bayreuth
Berlin
Blumberg
Blumberg-Fützen
Blumberg-Kommingen
Blumberg-Randen
Bonn
Bottrop
Bremen
Coburg
Dettighofen
Dittelsheim-Heßloch
Donauwörth
Dortmund
Dresden
Düsseldorf
Erding
Erfurt
Essen
Frankfurt
Freiburg
Friedewald
Fulda
Furtwangen
Großschönau
Gütenbach
Hadamar

Hagen
Halle
Hamburg
Hannover
Heidelberg
Hohentengen
Hüfingen-Mundelfingen
Kaiserslautern
Kamen
Karlsruhe
Kassel
Kaufbeuren-Neugablonz
Kempten
Kiel
Koblenz
Köln
Köthen
Konstanz
Konz
Krefeld
Ladenburg
Landau
Landshut
Leinau
Leipzig
Lottstetten
Lüneburg
Mainz
Mannheim
Marktoberdorf
Mosbach
München
Münster
Neuötting
Neustadt/Orla
Neu-Ulm

Nordstrand
Nürnberg
Oberstdorf
Offenbach
Offenburg
Osnabrück
Paderborn
Passau
Pforzheim
Quedlinburg
Ravensburg
Regensburg
Remagen-Kripp
Rosenheim
Saarbrücken
Sauldorf
Schwäbisch Gmünd
Schwerin
Singen
Stiefenhofen
Stühlingen
Stühlingen-Schwaningen
Stuttgart
Tübingen
Villingen-Schwenningen
Vohenstrauß
Waldkraiburg
Waldshut
Weidenberg
Werdau
Wetzlar
Wiesbaden
Würzburg
Zehdenick

Literatur

Eingestimmt. Gesangbuch des Katholischen Bistums der Alt-Katholiken. Alt-Katholischer Bistumsverlag Bonn 2003. ISBN 3-934160-21-8

Gottzeit. Gebetbuch des Katholischen Bistums der Alt-Katholiken in Deutschland. Alt-Katholischer Bistumsverlag Bonn 2008. ISBN 978-3-934610-85-9

Joachim Vobbe, Brot aus dem Steintal. Bischofsbriefe. Alt-Katholischer Bistumsverlag Bonn 2005. ISBN 3-934610-63-3

Im Himmel Anker werfen. Vermutungen über Kirche in der Zukunft. Hrsg. von Angela Berlis und Matthias Ring. 2. verbesserte und ergänzte Auflage. Verlag Books on Demand, Norderstedt 2008. ISBN 978-3-8370-5957-1

Heinrich Reusch (Hg.), Bericht über die 1874 und 1875 zu Bonn gehaltenen Unions-Conferenzen. Alt-Katholischer Bistumsverlag Bonn 2002. ISBN 978-3-934610-15-6

Alt-Kath. Pfarrgemeinde Nordstrand (Hg.), Hoffnung, die in uns lebt. 29. Internationaler Alt-Katholiken-Kongress in Freiburg 2006. Uthlande-Verlag Nordstrand 2006. ISBN 978-3-9810833-4-7

Matthias Ring, „Katholisch und deutsch". Die alt-katholische Kirche Deutschlands und der Nationalsozialismus. Alt-Katholischer Bistumsverlag Bonn 2008. ISBN 978-3-934610-35-4

Christian Flügel, Die Utrechter Union und die Geschichte ihrer Kirchen. Verlag Books on Demand Norderstedt 2006. ISBN 978-3-8334-6069-2